LE TALISMAN

Avec "Tandis que les ois*** ***et en scène le
questionr*** *** e son propre
devenir, d*** ****** ***is une société
en rupture*** *** de gravats et
de baraqu*** *** agonie de la
vieille fem*** *** e écrite", un
passant ten*** *** un verset…

Ces nouv***, situées en temps de guerre ou en temps de
paix, dans une Algérie familière ou mystérieuse, sont à la fois
d'un témoin minutieux – entomologiste du quotidien, observa-
teur attentif des êtres et des pierres – et d'un poète visionnaire,
jouant d'une grande variété d'écritures et d'inspirations pour
porter sur le monde un regard d'une immense tendresse.

MOHAMMED DIB

Né à Tlemcen en 1920, Mohammed Dib est l'un des plus grands
écrivains algériens contemporains. Il vit aujourd'hui en France,
près de Paris. Son inspiration, dense et sereine, s'exprime dans
tous les genres : nouvelles, poésie, théâtre ou romans, parmi lesquels *La Grande Maison* (1952), *L'Incendie* (1954), *Un été africain* (1959), aux éditions du Seuil, et, chez Sindbad, *Le Sommeil
d'Eve* (1989) ou *Le Désert sans détour* (1992).

Déjà paru dans Babel, *Au café*, en avril 1996 (n° 210).

DU MÊME AUTEUR

La Grande Maison, roman, Le Seuil, 1952 ; Point Seuil, 1996.

L'Incendie, roman, Le Seuil, 1954 ; Point Seuil, 1989.

Au café, nouvelles, Gallimard, 1955 ; Sindbad, 1984 ; Babel, 1996.

Le Métier à tisser, roman, Le Seuil, 1957.

Un été africain, roman, Le Seuil, 1959.

Baba Fekrane, contes, La Farandole, 1959.

Ombre gardienne, poèmes, Gallimard, 1961 ; Sindbad, 1984.

Qui se souvient de la mer, roman, Le Seuil, 1962 ; Point Seuil, 1990.

Cours sur la rive sauvage, roman, Le Seuil, 1964.

La Danse du roi, roman, Le Seuil, 1968.

Dieu en Barbarie, roman, Le Seuil, 1970.

Formulaires, poèmes, Le Seuil, 1970.

Le Maître de chasse, roman, Le Seuil, 1973.

Le chat qui boude, conte, La Farandole, 1974.

Omneros, poèmes, Le Seuil, 1975.

Habel, roman, Le Seuil, 1977.

Feu beau feu, poèmes, Le Seuil, 1979.

Mille hourras pour une gueuse, théâtre, Le Seuil, 1980.

Les Terrasses d'Orsol, roman, Sindbad, 1985.

O Vive, poèmes, Sindbad, 1987.

Le Sommeil d'Eve, roman, Sindbad, 1989.

Neiges de marbre, roman, Sindbad, 1990.

Le Désert sans détour, roman, Sindbad, 1992.

L'Infante maure, roman, Albin Michel, 1994.

Tlemcen ou les Lieux de l'écriture, avec Philippe Bordas, Revue noire, 1994.

La Nuit sauvage, roman, Albin Michel, 1995.

L'Aube Ismaël, poème, Tassili, 1996.

LE TALISMAN

Collection dirigée par Hubert Nyssen et Sabine Wespieser

Première publication :
Editions du Seuil, 1966

© ACTES SUD, 1997
pour la présente édition
ISBN 2-7427-1168-6

Illustration de couverture :
Maroc, montagne de l'Atlas, Gravure (détail), 1850
© AKG photo, 1997

MOHAMMED DIB

LE TALISMAN

nouvelles

B▲BEL

BABEL / SINDBAD

Naguib Mahfouz, *Le Voleur et les chiens*, n° 209.
Mohammed Dib, *Au café*, n° 210.
Tayeb Salih, *Saison de la migration vers le Nord*, n° 230.
Jacques Berque, *Les Arabes* suivi de *Andalousies*, n° 250.

SINDBAD
est dirigée par Farouk Mardam-Bey

TANDIS QUE LES OISEAUX

— Ah ! Te voici enfin ! Ça marche à l'atelier ?

— Patron, comme d'habitude. Comment allez-vous, ce matin ?

— Ne m'en parle pas ! Ma santé est un sujet de conversation qui ne m'intéresse plus.

L'ouvrier tisserand Ghosli se met à glousser candidement. Il revient de faire le marché de son patron, Hocine Dermak. Plus très jeune, vingt-cinq, vingt-six ans peut-être, Ghosli remplit encore des corvées d'apprenti. Hocine Dermak sourit à son tour.

— Alors, quelles nouvelles apportes-tu ? Déballe ton paquet.

— Rien d'extraordinaire. Aujourd'hui comme hier, dit la chanson.

— Voyez-moi le gros malin !

Le même rire ingénu distend les joues plates, armées de piquants, de Ghosli, et révèle ses longues dents jaunes de cheval. Il s'en va déposer à la cuisine le couffin qui lui tire le bras.

Quand il revient au patio débarrassé de son fardeau, Hocine Dermak lui lance :

— Tiens, assieds-toi. Tu as droit à un verre de thé.

Allongé devant un vaste tapis persan, le corps mamelonnant sous un drap, il montre à Ghosli un second divan formé de deux matelas, comme le sien, recouvert d'une courtepointe de soie bleue. L'ouvrier acquiesce, se déchausse pour fouler l'entrelacs de fleurs tissées. Dermak se redresse. Il soulève au-dessus du plateau à pieds posé près de lui une théière qui lâche un jet dru dans les verres.

Cette scène se renouvelle entre eux chaque matin.

Le maître tisserand ne déguise pas sa satisfaction. Appuyé sur un coude, le verre à la main, il avale de petites gorgées, jette à Ghosli des coups d'œil à la dérobée. Il se sent revivre dès que celui-ci apparaît. Il a trouvé en lui un compagnon selon son cœur pour venir à bout de ces interminables journées d'oisiveté auxquelles la maladie le condamne.

Toujours appuyé sur un coude, le verre à la main, il réfléchit, hoche la tête et se remet à boire.

Ces mots lui brûlent soudain la langue :

— Sais-tu ce qu'il me semble, Ghosli ?

L'ouvrier s'arrête d'aspirer le thé chaud au bord de son verre.

— Non.

— Quelque chose dans la vie devrait changer. On tirerait profit, à n'en pas douter, de ce changement.

Un sourire traverse les yeux de Ghosli. Il s'est fait à ces sorties qui, au début, le jetaient dans un grand embarras.

— Car l'existence est un piège ! reprend Dermak. (Il paraît avoir longuement ruminé ces pensées.) Un fameux piège ! Ainsi : ces presque huit années d'une guerre qui n'a pas été une guerre, mais je ne sais quoi de plus, ou de moins, n'ont-elles pas été un piège ? Et quel autre piège se referme sur nous en ce moment, hein ! Nul ne le sait ! Jusqu'au jour où il sera trop tard pour s'en dépêtrer. Non, mieux vaut envoyer tout au diable !

Il observe un bref silence, et il ajoute d'un ton chagrin :

— Mais est-ce possible ?

Ghosli se dit : "Quel drôle d'homme ! Il a bigrement réussi dans l'existence. Quel besoin a-t-il de se tourmenter ainsi ?"

— Vivre, c'est ça, lui répond-il.

Il n'a pas une idée bien nette de ce qu'il a voulu exprimer ainsi. Il a pensé le tranquilliser.

— On le croit ! proteste Dermak. Mes affaires ont pris pas mal d'extension depuis vingt ans et continuent à prospérer malgré un certain ralentissement dû aux événements. Je possède à présent deux ateliers équipés de douze métiers chacun. Eh bien, ce résultat dont je peux être fier à bon droit n'est qu'un piège aussi !

Ghosli écoute le maître tisserand sans plus rien dire. Ces réflexions n'auraient pu hanter Dermak si, ce matin, sa mélancolie n'y avait trouvé, têtue, de quoi se repaître.

Les arcades aux piliers badigeonnés de chaux bleue qui embrassent le patio atténuent l'éclat du jour. Du bassin, en partie caché par un massif de belles-de-nuit et de basilic, le trop-plein se déverse dans un ruisselis uniforme. La cour ne cesse d'être illuminée par des reflets d'eau froide. Ghosli est gagné par ce calme. Il descend dans ses pensées, mais ne rencontre qu'une seule sensation : celle, infinie, du matin d'été qui l'entoure.

— Comprends-tu cela ? demande Hocine Dermak.

Ghosli sort de sa distraction, pousse un soupir. Avec une espèce de confusion, il réplique :

— Je comprends, mais je ne suis pas de votre avis.

— Voyez-vous ça ! Et pourquoi donc ? Pourrais-tu me l'expliquer ?

Ghosli le regarde, étonné.

— J'ai d'autres idées.

— D'autres idées ! Lesquelles ? Dis un peu. Ce n'est pas mal, ça. D'autres idées !

Pris de court, l'ouvrier se met à réfléchir. Froissé par ce silence, le maître tisserand s'écrie :

— Parle ! Discute ! Pour quelle raison ne parles-tu plus maintenant ?

Ghosli convient sans enthousiasme :

— Je ne sais pas discuter. Selon moi, les discussions ne font qu'aggraver les malentendus.

— D'après toi, il n'existe donc que des malentendus entre les gens ?

— Non. Peut-être pas. Je n'en sais rien, après tout.

— Alors, tu as voulu dire quoi au juste ?

— Qu'il est stupide de discuter pour connaître la vérité.

Décontenancé, Hocine Dermak ne trouve pas de mots pour lui répondre et part d'un rire agacé. Ghosli sourit à son patron d'un air de connivence.

Le maître tisserand saisit une cuillère à thé et en donne de petits coups sur le plateau. Désagréable, un sentiment de dépit monte en lui et le fait trembler.

Les tintements attirent Tetma sur le seuil d'une pièce. L'apparition de cette femme, dont les beaux traits et surtout les yeux gris, immenses, qu'une ligne de khôl isole du reste du visage, surprennent toujours Ghosli, donne à l'exaspération de Hocine Dermak l'occasion d'éclater :

— Personne ne t'a appelée, toi ! Qu'est-ce qui te prend à vouloir fourrer ton nez dans ce qui ne te regarde pas !

— J'ai pensé que tu avais besoin de quelque chose.

Ces paroles prononcées paisiblement, elle retourne sur ses pas.

Dermak grommelle :

— Tu es un innocent. Tu t'es mis dans la tête que tout le monde sait où est la vérité, que le premier imbécile venu peut la reconnaître. Tu te trompes ! Si tu veux vivre selon la vérité, commence d'abord par retirer ta veste, enlever tes souliers, aller en pagne ! Et tête basse, présente-toi ainsi, dans ta nudité, devant Celui qui t'a créé !… Tu verras à ce moment-là ce que les hommes diront de toi.

Son visage rond se plisse. Cet accès d'énervement l'a fatigué : il s'étire, plonge sa tête parmi les oreillers. Il ressent tant de pitié pour lui-même, et pour tout, qu'une boule lui monte à la gorge.

Les yeux fermés, il poursuit :

— L'homme, cet idiot, continuera à souffrir tandis que les oiseaux chanteront.

Ouvrant les yeux l'instant d'après :

— Ne me garde pas rancune pour ce que je viens de dire.

Il reste étendu, les regards tournés vers l'ouvrier.

— Savoir où est la vérité, combien en sont capables ? exhale-t-il dans un profond soupir. Ah, qu'il est difficile de vivre…

Tout d'un coup, il se soulève et reprend appui sur son coude.

— N'écoute pas les prêcheurs ! Ils te perdront. Tu es encore jeune, tu ne t'es pas assez battu et ton cœur ne s'est pas endurci. N'espère pas que la vie maintenant vous traitera, toi et les autres, avec moins d'injustice !…

Il foudroie on ne sait quoi du regard, puis se recouche. Cette fois, comme s'il avait tout dit, il se réfugie dans un abîme de silence.

Le visage du maître tisserand s'apaise, s'enveloppe d'un calme crispé. Ghosli ne trouble pas cette méditation.

Hocine Dermak sort cependant de son mutisme pour le questionner d'une voix lointaine :

— Voudras-tu déjeuner avec nous ?

— Volontiers.

Toujours allongé, le regard perdu dans le ciel, Dermak, de sa voix normale, appelle :

— Tetma ! Tetma !

Avec le même air tranquille, la femme reparaît. Ghosli est de nouveau fasciné par elle. Quelque effort d'imagination qu'il fasse, il n'arrive pas à voir en elle la tenancière de maison close que l'on dit.

— Ghosli reste à déjeuner.

— Il est bien aimable, approuve-t-elle.

Elle tourne vers l'ouvrier ses yeux sombres, presque alarmants, qui abandonnent leur expression endeuillée et se remplissent de la clarté d'un sourire.

Elle s'éloigne et laisse les deux hommes en tête à tête.

Le bruit de l'eau tombant du bassin se remet à couler entre eux. La même sensation de paix s'empare de Ghosli, chaque instant se confond avec tous les autres, acquiert un poids d'éternité tel que le temps, comme résorbé à la fin, se retire du monde. Ne flotte plus que la présence muette de ce matin d'été entre les choses.

Soudain, touffe de cris et de plumes ébouriffées, deux moineaux s'abattent dans la cour, résolus à y vider leur querelle.

Hocine Dermak se redresse pour les observer et part d'un long rire ravi.

— Ah, les coquins, comme ils se chamaillent ! C'est-y croyable ?

Effrayés par la voix, d'une envolée, se poursuivant toujours, les oiseaux s'échappent par-dessus la terrasse.

Hocine Dermak se couche sur le côté gauche, sourit et bougonne d'un air las :

— Amasser, économiser – et peiner pour ça ? C'est vraiment trop idiot !

Il allonge le cou vers Ghosli.

— Fie-toi à ton instinct pour vivre.

L'ouvrier fait oui d'un hochement de tête.

Fatigué, le maître tisserand change à nouveau de position ; il s'étend sur le dos et ramène sous sa tête les oreillers partis de côté. Il aspire une profonde goulée d'air, la rejette. Du coup, son corps ballonnant qui semble l'avoir encombré jusque-là s'abandonne. Il sent – et Ghosli le sait aussi – qu'il se détache des choses et se retire dans une grotte ombreuse.

Il murmure pour lui seul :

— La paix.

Ghosli éprouve un petit pincement au cœur, mais prompts, des mots réconfortants se pressent dans son esprit : "Ce n'est pas moi que la mort guette."

Il écoute le bassin bavarder et retrouve l'enchantement du matin d'été.

— Alors ? demande Hocine Dermak, parlant comme dans un rêve. Selon toi, les gens ont l'intention de nous piller, ou bien je me trompe ?

Cette voix redevenue subitement railleuse !

— Il faudrait un partage équitable des biens, lui répond Ghosli avec hésitation.

— Tu penses donc que…

— Des milliers de gens pensent la même chose.

— C'est vrai. Tout le monde est mécontent.

Hocine Dermak se tait durant une longue minute.

— Non ! affirme-t-il catégoriquement tout d'un coup, les gens ne sont pas mécontents pour ce que tu crois. Non, mon vieux, c'est pour autre chose ! Tout à fait autre chose ! Je le flaire. J'ignore quoi, mais c'est autre chose. J'en – suis – sûr !…

Il retombe dans son mutisme, mais continue visiblement à réfléchir. Une expression vague noie son regard. Ses joues se creusent depuis l'œil jusqu'aux commissures des lèvres.

Cependant, la fraîcheur, la lumière diffuse qui submergent le patio isolent le cœur de Ghosli dans un halo de bien-être incorruptible.

"Les Hocine Dermak n'ont qu'à disparaître. C'est ce qu'il leur reste de mieux à faire au fond, se dit-il. Oui ! C'est ce qu'il leur reste de mieux à faire."

A ses côtés, comme délivré d'un poids, le maître tisserand respire plus régulièrement. Il semble glisser dans un léger sommeil.

D'une voix lente, claire, détachant les mots, il confie pourtant, peu après :

— Je me sens mourir.

Il fixe ses regards sur Ghosli.

— Chaque jour, nous mourons un peu, mais ce que je viens d'éprouver, ce qui s'appelle éprouver… C'est bizarre ! On aurait dit une sensation de brûlure.

Il s'absorbe encore dans ses pensées, ou il est repris par le sommeil ; on ne sait.

"Qu'est-ce qui est bizarre ? s'interroge Ghosli. De mourir ? De s'en rendre compte ?"

Il pousse un soupir, son âme plus libre et plus à l'aise prend possession de cette grande maison, avec son bassin et ses fleurs. Sans cesse, les reflets de l'eau traversent la cour. Quel calme enchanté !

Les yeux sombres de Tetma surveillent Hocine Dermak. Ils s'assombrissent encore, jettent une lueur funèbre et demeurent fixes. Après avoir, d'un pas mal assuré, interminablement vaqué d'un coin à l'autre du patio envahi par la nuit, Dermak s'est dirigé vers la porte de la maison, l'a ouverte, l'a franchie…

Il vacille, aussitôt happé par la noire brume, une nuée fuligineuse, piquetée d'épines de lumière. Il désire revenir sur ses pas : mais elle, sautant sur lui, le frappe dans le dos, l'aveugle. Elle le pousse. Il continue. Il se laisse emporter.

"Depuis combien de mois n'ai-je pas mis le nez dehors ?"

La nuée remue en lui, il ne le sait plus ; il n'a pas l'air, après tout, si différent des veilleurs qu'il croise par instants sur son chemin. Il ne porte aux pieds que des babouches d'intérieur, sur les épaules qu'un manteau de gabardine jeté par-dessus sa gandoura, mais eux ne vont pas plus habillés. Il dérive à travers l'obscurité.

Il songe, il regarde au fond de ses propres yeux, voit la ville d'ombre en proie à un mouvement de reptation, se cogner aux limites de la nuit. Une sèche tiédeur le fait haleter. Il sent les angles d'un bidon s'incruster dans la paume de sa main ; il entend des conversations, des chuchotis. Et il tourne. Il tourne entre les feux, les obstacles d'une agglomération de hasard.

Ces obstacles partout présents s'écartent cependant et lui ménagent un passage jusqu'au but qui l'appelle. Une porte basse, massive, scellée dans un long mur. Qui se matérialise subitement devant lui. Il fouille dans les poches de sa gabardine. Il tient la clé. Il ouvre. Une haleine, une main moite plutôt, se plaque sur sa figure. Plus grasse, plus âcre encore que toutes celles qui s'y fondent, et l'odeur de suint qui le réveille ensuite ! Il la respire. Il oublie tout un passé de maladie, d'ennui, de tristesse.

Il descend vers les profondeurs opaques. Un pied rejoint prudemment l'autre sur chaque marche avant d'aborder la suivante. Parvenu au bas de l'escalier, il se dirige sans voir. Les ténèbres amassées ici semblent avoir élaboré ces odeurs de rance et de moisi. Des présences se dressent autour de lui. "Ils sont là, ils me sentent." Il tend son bras libre et touche un ensoupleau. Il en caresse les nappes de chaînes tendues qui vibrent ainsi qu'un faisceau de nerfs. Puis sa paume tombe sur un dévidoir. D'un doigt, il le fait tourner. Le dévidoir répond par un ronronnement grave et doux. Les autres métiers et l'ourdisseuse attendent aussi. Toutes choses qui le reconnaissent, qui lui sont demeurées fidèles.

Il débouche alors le bidon qu'il tient à la main, en répand le contenu. Sur-le-champ, une odeur froide, volatile, disperse les anciennes. Dermak frotte une allumette, produisant une zébrure phosphorescente. Suivent deux, trois, puis quatre éclairs encore. Rien ne se passe. Il s'impatiente, fait craquer de nouvelles allumettes. Une fleur de feu éclôt soudain à ras de terre, quelques autres naissent un peu plus loin et se mettent à folâtrer. Comme elles se multiplient, sautillent, se haussent ! Prises d'émulation, elles éclairent la cave pour lui seul.

Il leur tourne le dos, va vers l'escalier, en remonte les marches étroites, ferme à clé. Il emprunte encore, pour le retour, des rues qu'il reconnaît à peine.

Il retrouve Tetma assise à la même place.

Le voyant, elle se lève. Elle l'accompagne jusqu'à son lit, murmurant :

— Couche-toi. Repose-toi.

Dermak lui fait signe de s'éloigner. Elle le débarrasse de sa gabardine et quitte la pièce. Il pose sa tête sur les oreillers, s'allonge sur le côté droit, pousse un soupir.

LA CUADRA

Un chaos de tôles, de caisses, de bidons aplatis, de vieilles planches… Les baraques submergeaient l'unique bâtiment de pierre qui s'élevait là, elles semblaient le prendre d'assaut, le refouler en arrière. Adossée aux murs d'enceinte, leur horde, c'était un noir grouillement lors même que personne ne se montrait. Il s'en fallait néanmoins que la *cuadra* demeurât un instant déserte. Une nuée de gamins s'y ébattait sans cesse avec des cris perçants, les uns juchés sur les tas d'ordures et de fumier qui encombraient les recoins, les autres sur des piles de bois, des gravats, des monceaux de ferraille rouillée. Tous étaient sales, hirsutes, en guenilles ; ils se poursuivaient, se rossaient, se roulaient dans la poussière.

Ce matin-là, une poignée d'entre eux tournait autour du puits. Ils piétinaient la boue fétide qui bordait la margelle ; brusquement, dans une ruée irrésistible et une explosion de clameurs, ils s'éparpillèrent. Deux fillettes restèrent penchées au-dessus du puits, les fesses exposées sous leurs robes en loques. Elles contemplaient le miroir dormant sous terre. Elles essayaient d'y apercevoir leur image, crachaient à tour de rôle et attendaient. Un claquement étouffé s'élevait entre les parois sombres, la surface de l'eau se mettait à vaciller ; elles l'observaient en silence, crachaient de nouveau.

Les autres avaient découvert un chat moribond sur des détritus qui achevaient de pourrir. Les prunelles crevées, son pelage tombé par plaques, la bête ne faisait pas un mouvement. Enhardi, un galopin ridé lui noua une ficelle au bout de la queue et s'enfuit à toutes jambes, la tirant derrière lui. La troupe le suivit avec des hurlements de joie. Le chat se mit à faire des bonds. L'excitation des gosses fut à son comble. Quelques-uns ramassèrent des cailloux et le mitraillèrent. Le chat poussa des miaulements féroces, des sauts terribles le jetèrent dans tous les sens. Le garçon qui l'entraînait courut alors comme un fou, les yeux révulsés.

Le chat fut vite écrasé par l'averse de pierres. Rassemblés en cercle autour de lui, les enfants surveillèrent son cadavre pilé, sanguinolent. Un instant, puis ils reprirent leur course.

Tandis que la bête morte, toujours attachée à la ficelle, soulevait la poussière du campement, ils la bombardèrent encore avec toutes sortes de projectiles.

Au bord du puits, les deux fillettes, accoudées à la margelle, avaient cessé de cracher et causaient entre elles.

— Ta mère ne reviendra plus, Paméla.

— Oui, elle reviendra !

— T'en sais rien. Pourquoi tu dis qu'elle reviendra ?

— Parce que.

— Il ne la laissera peut-être pas revenir, l'homme avec qui elle est partie.

— Elle reviendra, je te dis.

— Moi, je te dis qu'il ne la laissera pas.

— Moi, je sais qu'elle reviendra.

— Pourquoi que ton père il ne va pas la chercher ?

— Mon papa ne bouge pas. Il attend. Il me demande chaque fois d'aller lui chercher une bouteille de vin. Et il attend. Elle reviendra toute seule.

— Et si elle ne vient pas ?

Paméla demeura silencieuse.

— Si elle n'est pas là dimanche, je me laisserai tomber dans ce puits.

Ensemble, elles regardèrent l'eau et son éclat froid guettant à une grande profondeur.

— C'est vrai ce que tu dis ? Tu serais capable de faire ça. Non, menteuse !

— Tu verras si je mens, Carmélita.

Les pieds nus, ses formes débordantes empaquetées dans une robe noire toute lustrée, une matrone sortit d'une baraque, un marmot pendu à ses seins. Elle se campa sur le seuil, s'avisa de la présence des fillettes. Elle se mit aussitôt à s'égosiller :

— Carmélita ! Carmélita ! Viens ici !

Carmélita abandonna sa camarade, accourut avec des cabrioles et vit que sa mère foudroyait des yeux

Paméla, restée seule près du puits. Elle la vit ensuite cracher de dégoût.

— Sale engeance. Fille de putain.

— Qu'est-ce qu'une putain, mama ? demanda Carmélita, levant vers elle sa figure barbouillée.

— Une putain ? Voilà ce que c'est !

De sa main libre, mama Rosa appliqua une claque sur le museau tendu.

Carmélita se cassa en deux et sanglota.

Arrachant le nourrisson de sa poitrine, la gitane le lui colla entre les bras. La fillette plia sous le poids et suça l'eau salée de ses larmes. Elle cambrait les reins, empoignait Josélito comme elle pouvait, reniflait. Sa mère lui fit de gros yeux et la menaça du poing pour finir, louchant vers l'autre môme, avant de retourner à la baraque.

Là-bas, les enfants, qui avaient trouvé un nouveau jeu, égaillés à travers la *cuadra,* couraient et criaient à tue-tête.

Roméo – quatre ans au plus –, debout contre une carcasse de Dodge, grattait de l'ongle la peinture jaune d'une portière. Une tunique maculée lui arrivait à mi-cuisses. Sa frimousse luisait de morve. Heureux, il l'était, pour sûr. Carmélita s'approcha. Il ne lui accorda pas un coup d'œil, mais son visage s'assombrit, perdit son air de bonheur. Il passa de l'autre côté du camion.

Carmélita s'assit par terre, contre la roue avant. Elle posa son frère entre ses jambes étendues et s'occupa d'arranger les boucles qui lui tombaient dans les yeux. Le moutard en profita pour se sauver à quatre pattes.

— Josélito ! Josélito !

Elle le rattrapa et entreprit de le cajoler, de le faire avancer sur ses jambes et danser en lui tenant les menottes.

Mama Rosa reparut. Salah passait.

— Il est déjà midi, Salah ? se récria-t-elle. Carajo ! J'ai encore rien fait.

Josélito rampa vers elle, se cramponna à ses chevilles. Carmélita voulut le reprendre. La gitane le souleva d'une main et l'installa à califourchon sur sa hanche. Elle demeura à la même place, le regard perdu. Josélito se tortilla, plaqua son ventre ballonnant contre le flanc de sa mère. Mais elle, hébétée, ne bougeait pas. Il hurla rageusement. D'un geste distrait, Rosa lui mit le sein à la bouche. Le mioche se calma.

La gitane regagna avec lui sa cahute. Un instant écartée, la toile de sac qui masquait l'entrée révéla des reflets de pots de métal.

Le ferblantier et le tonnelier fermaient ; ils s'en allaient. Leurs baraques étaient mitoyennes. Le premier, un Espagnol râblé, jambes et torse pris dans une salopette, poussait un vélo. Il disait :

— Non, ma femme, elle ne saura pas faire la galette !

L'autre, un Algérien maigre, barbu, habillé à l'ancienne : culotte bouffante et veste courte, lui répétait :

— Faites comme nous, vous ne dépenserez pas beaucoup. Le pain pétri à la maison coûte moins cher et nourrit mieux.

— Ma femme, elle ne saura jamais faire la galette !

— Si tu l'envoies chez moi, on lui apprendra.

Ils marchèrent un peu ensemble, puis le ferblantier :

— Faut que je me dépêche, ba Ahmed. Au revoir.

— Au revoir, Juanico. Envoie-la : on lui montrera !

L'Espagnol enfourcha son vieux vélo et, appuyant sur les pédales, se dirigea vers la sortie de la *cuadra*.

— Adios ! cria-t-il en faisant un grand geste du bras.

Une nuit d'été sans faille cerne les baraques. L'homme aveugle répand les sons de sa guitare par saccades. Comme malgré lui, sa voix éclate aussi de temps à autre. Suspendue haut, glapissante, elle projette des paroles qui sont autre chose que des paroles : une récrimination farouche.

Salah pataugeait dans les fondrières du sommeil. Il murmurait une injonction muette : "Choisir le bloc de pierre le moins lourd à porter et revenir lentement, user les heures. Choisir une pierre, la meilleure…" La voix de l'aveugle le réveille. Il reconnaît sa cabane. Il rêve encore au camp où il a été détenu. Il s'en va de nouveau découvrir une réalité attentive, dressée par-delà les choses. Traversant la *cuadra*, il s'étonne de pouvoir s'en évader sans rencontrer partout sur sa route des camps repliés sur des proies humaines. Les hululements de l'aveugle l'accompagnent dans son errance.

Dès que, refoulé, Salah revient et échoue sur cette rive-ci, il a l'impression que quelque chose se referme derrière son dos. Il se retourne, ne voit rien. Il s'avance, ne rencontre que cette voix.

Trois ans plus tôt, il arrivait ainsi, et il entendit le même chant. Maria, la femme de l'aveugle, venait seulement de mourir. Elle n'avait donné qu'un coup de paume pour cela : elle voulait enfoncer un bouchon dans son goulot. Mais l'aiguille qu'elle y avait piquée se brisa dans sa main. On l'amputa d'abord d'une main. Après quoi, on n'en finit plus de la découper, elle.

Salah apprit son histoire, et bien d'autres histoires, sitôt qu'il se fut installé dans la *cuadra*.

La voix de l'homme aveugle est retombée dans le silence.

— Qu'est-ce que tu me veux à rester planté là ? Qu'est-ce que t'as à me regarder avec ces yeux ? grondait la jeune fille. C'est tout, tout ce que tu trouves d'intéressant à faire ? Pourquoi tu ne vas pas prendre l'air ailleurs ? Qu'est-ce que tu me veux ! lança encore Paca. Si tu attends quelque chose de moi, tu risques d'attendre longtemps…

— Il me déplaît de te déranger, petite, l'interrompit Rafaël, mais tu peux me dire qui était ici il y a cinq minutes ?

Il se tenait à moins de deux pas. Il tirait les branches d'un jeune figuier dont les racines s'agrippaient au mur d'enceinte. Il les lâchait ensuite dans le feuillage qui claquait comme sous un coup de fouet : une poussière aveuglante poudroyait à l'entour et leur mangeait les prunelles.

— Peux-tu me dire son nom, au type ? Il y avait quelqu'un, ici, il y a cinq minutes. Qu'est-ce qu'il est venu chercher ? Tu ne peux pas dire qu'y avait personne.

Se retournant, Paca s'apprêta à partir. Mais avant :

— Je ne sais pas de quoi tu parles, déclara-t-elle.

Sous les regards qu'elle lui coula entre les mèches qui pendaient autour de son visage, quelque chose en Rafaël flancha.

Un masque aux orbites vides se mit à l'injurier. Paca ne sourcilla pas.

Rafaël s'arrêta. Il dit à voix basse :

— Je vous ai vus hier encore, ensemble. Tu ne peux rien dire, je vous ai vus. Les gens m'ont regardé passer d'une drôle de façon, ce matin.

Le silence qui se glissa entre eux fut rempli par les cris éperdus des gosses et les halètements de la *cuadra* soufflant comme une bête épuisée.

— Gare si tu… commença Paca.

Un déclic sec : la lame d'un couteau jaillit dans la main de Rafaël.

Les yeux de la jeune fille se dilatèrent d'effroi. Serrant les mâchoires, elle étouffa un cri.

Le couteau disparut.

— T'as qu'à continuer tes saloperies, dit Rafaël. T'as qu'à continuer, et on verra.

Elle restait médusée.

— Allez, file.

L'homme eut un rire fêlé.

Une seconde d'hésitation et, les jambes molles, Paca s'éloigna.

Aussitôt, elle fit volte-face. Avec un sifflement aigu, le couteau venait de se planter, derrière elle, dans la paroi d'une baraque. La lame vibrait encore.

Une grimace de haine tordit les lèvres de la fille. Rafaël rigola.

Paca repartit en rejetant ses cheveux sur son dos. Tous les mouvements de son corps onduleux proclamaient, de nouveau, un défi animal.

La matinée était avancée. Du fond de sa tanière, le père Blanès voyait de ses mauvais yeux le soleil s'étendre, dévorer la *cuadra*, et il pestait. Au moyen d'un balai, il remuait sans répit des *torraïcos*** au-dessus d'un fourneau ardent. Il jurait à faire s'écrouler le ciel : ils ne seraient jamais cuits pour l'après-midi ! Rater la vente, un dimanche ; stupidité des stupidités ! Il balançait plus fort son buste épais, tout enfariné de cendres, nu jusqu'à la ceinture.

S'introduisant à pas de loup, pendant ce temps, des garnements venaient lui en chiper de pleines poignées dans le sac bâillant à ses côtés. Au jugé, il leur envoyait des coups de balai qui atteignaient rarement leur cible.

---

* *Torraïcos* : pois chiches grillés.

Quelqu'un errait ici et là devant sa porte. Blanès distinguait à peine cette silhouette qui passait et repassait comme une ombre, mais aucune inquiétude ne l'effleurait, il la reconnaissait : c'était la vieille Zohra. Elle fouillait chaque amas d'ordures et réussissait parfois à retirer de l'un d'eux quelque objet ne ressemblant à rien. Elle considérait sa trouvaille un bon moment ; puis, indifférente, elle la rejetait. Elle recommençait à rôdailler. Ses lèvres remuaient aussi, allant leur train. Une meute d'enfants s'échappa en trombe de la baraque du père Blanès et faillit la renverser. De frayeur, elle s'assit dans un coin.

Elle suivit d'un regard voilé tous ces diables déchaînés. Sans y prendre garde, elle murmura :

— Bienheureux, bienheureux !

Subitement, des larmes roulèrent sur ses joues flétries.

Comme il s'était mis à faire plus chaud, étouffant, elle se releva. Elle s'en fut à travers la cour changée en cuve de plomb fondu. A l'exception des gosses, toute la population s'était mise à l'abri.

Consuelo, la femme d'Eduardo, et sa fille Joséfa apparurent au milieu de ce flamboiement. L'une comme l'autre revenaient de la ville. Le visage congestionné et baigné de sueur, chacune portait au bras un panier d'osier débordant de rubans multicolores et de rouleaux de dentelle, avec lesquels elles étaient allées faire le tour des quartiers maures.

Elles croisèrent la vieille femme. Consuelo lui lança d'une voix retentissante :

— Aï, aïe, *qué calor, mama Zohra !*

— Oui, ma fille.

Sans s'arrêter, s'épongeant le front avec un mouchoir :

— Faut pas rester dehors, mama Zohra !

— Oui, ma fille.

De la baraque du tonnelier s'élevaient des coups de masse têtus et sourds. Francisco surgit à cette seconde d'une écurie entre deux juments piaffantes qu'il tenait étroitement serrées par la bride. Il gagna d'un pas rapide, avec elles, le portail et s'éclipsa. De son métier tondeur de moutons et de chiens, Francisco se faisait guérisseur à l'occasion ; aussi lui amenait-on souvent des bêtes à soigner.

Consuelo et Joséfa s'étaient hâtées de rentrer chez elles. Les gamins repassèrent au galop. La vieille Zohra les considéra avec deux yeux secs, cette fois. Elle ne pensait plus à rien. Comme s'ils tourbillonnaient dans quelque autre univers, leurs voix lui parvinrent tout d'un coup épurées, et le bruit de leurs galopades déchargé de violence.

Elle se dirigea vers une espèce de niche.

— Je suis fatiguée, mes enfants, si fatiguée !... marmottait-elle en se baissant pour s'y réfugier.

Raide devant sa porte, depuis quelques instants Rico meuglait d'une voix pâteuse :

— Paméla !... Paméla !...

Une barbe de plusieurs jours rongeait son visage où flottaient des yeux de noyé. Personne ne lui répondait, ni même ne semblait entendre ses appels. Il continua avec une insistance morne :

— Paméla !… Paméla !… Garce !

Soudain, des gosses contrefaisant sa voix rouillée vociférèrent en chœur :

— Paméla !… Paméla !… Garce !

Il leur répondit par des obscénités et tenta de les poursuivre. Mais au premier pas qu'il fit, il tituba et manqua de s'étaler par terre.

Les enfants s'époumonèrent de plus belle :

— *Boracho ! Dido boracho !*

Les jambes écartées, prêt à tomber, l'homme les invectiva de toute l'énergie qu'il put rassembler.

Attirés par le boucan, des gens sortirent de leurs baraques. Rico rentra dans la sienne en mâchonnant des jurons à l'adresse de tout le monde. L'excitation des gosses redoubla. Ils se rapprochèrent, reprirent avec obstination :

— Paméla, Paméla… *Dido boracho !*

— Faut la retrouver, cette tête de mule ! Allez, brailla une femme, allez ! Il a peut-être besoin d'elle, son père.

D'autres têtes curieuses se montrèrent.

— Où c'est qu'elle est passée ?

La rumeur s'enfla, une nervosité inquiète s'empara de la *cuadra* grillée par le soleil. La miochaille, de même que quelques grandes personnes, était partie à la recherche de la fillette. On l'appelait de tous les côtés, l'écho de son nom retentissait d'un bout à l'autre du campement. Les voisins qui n'avaient pas envie de s'en mêler surveillaient tout cela du pas de leur porte. Des propos sans aménité volaient. La petite Carmélita, non plus, ne s'était pas éloignée. Elle tournait nonchalamment autour du puits, y plongeait un regard furtif et rebroussait chemin.

On appelait toujours Paméla, au loin : pris au jeu, petits et grands donnaient de la voix.

Une demi-heure se passa ; Paméla restait introuvable.

Carmélita s'assit dès lors à l'ombre des baraques et ses yeux, qu'une sorte de triomphe fiévreux faisait étinceler, ne quittèrent plus le puits.

Mama Rosa la montra, à distance ; elle montra ensuite le marmot accroché à son jupon.

— Si c'est pas malheureux ! Qu'est-ce qu'on a fait au bon Dieu pour qu'il nous envoie cette calamité !

Les sourcils froncés, elle toisa le ciel.

A ce moment, une violente clameur monta, suivie d'une mêlée. Des gamins se précipitaient devant la baraque du père Blanès sur quelque chose qu'ils s'arrachaient avec férocité. Le balai du vieux émergea du tas de corps. Des balais, le père Blanès en usait sans nombre pour touiller ses pois chiches. Il les jetait ensuite, quand ils n'en pouvaient plus, aux enfants qui les déchiquetaient et en égrenaient une quantité de torraïcos !

Lorsque le balai ne fut plus que débris, les recherches recommencèrent.

Pas trace de Paméla nulle part !

On se lassa. Les gosses retournèrent à leurs gambades, les adultes réintégrèrent leurs abris en maugréant.

La dernière, la fille Joséfa, contournait le galetas de mama Zohra, lorsque son attention fut attirée par des pleurs. Cela ressemblait à une chansonnette et était si faible qu'elle crut d'abord à une illusion. Elle risqua la tête entre les planches mal jointes. Paméla était là-dedans ! Accroupie en face de mama Zohra, c'était elle qui hoquetait. Assise aussi, la petite vieille, les traits figés, lui tenait la main. Elle posait sur elle des regards qui paraissaient sourire et révéler en même temps un vide effrayant. De la glace se coula dans le cœur de Joséfa. Elle comprit : Zohra était morte.

Elle se jeta sur Paméla, l'arracha de sa place. La vieille femme ne bougea pas ; seul, son bras retomba, rigide.

Joséfa se sauva, l'enfant contre son sein, en poussant une plainte déchirante.

Toute la *cuadra* fut dehors, cette fois.

— On l'a retrouvée ? Qu'est-ce qu'elle a ?

— Elle était chez mama Zohra, dit Joséfa dans un souffle, la gorge sèche. Elle est morte.

Salah tapota les mains de la petite.

— Morte ! Tu radotes ! Mais regardez-la ! Elle n'a rien ! Regardez-la !

— Non, la vieille, dit Joséfa de la même voix blanche. *La vieja !*

— Oh ! Oh ! *Madre mía !*

Les gitans se signèrent.

Carmélita joua des coudes, se faufila au premier rang des curieux. Elle s'approcha de Paméla qui sanglotait doucement encore. Avançant la main, elle la toucha. Elle la contempla quelque temps, puis elle battit en retraite.

La seconde d'après, elle se roulait par terre et écumait :

— Non ! Non ! C'est pas vrai !

Mama Rosa la saisit par un bras et la secoua. Loin de se calmer, la gamine tenta d'entraîner sa mère par terre. La gitane vit rouge. Elle lui envoya de vigoureuses tapes avant que les gens eussent pu intervenir. Mais l'enfant se débattit si furieusement qu'elle lui échappa et que la gitane éclata en imprécations :

— Tu es possédée ou quoi ! Aïe, démon ! C'est le démon qui t'habite ! Mauvaise graine, c'est le démon !

Des hommes et des femmes s'interposèrent pour protéger la petite. La mère rugit alors, les poings brandis :

— C'est ma fille ! Donnez-la-moi ! Et si je veux la tuer, moi ? Si je veux en faire de la charpie ? Qui est-ce qui m'en empêchera ? *La puta !*

Elle parvint à l'emmener. De la cabane, jaillirent des cris d'écorché vif :

— Non ! Non ! C'est pas vrai !

A chaque poussée de voix de Carmélita, répondaient les bourrades et les glapissements de sa mère.

— Peste ! Maudite ! C'est le démon ! Le démon !

LA DALLE ÉCRITE

Cette dalle scellée au mur, devant laquelle je passe une fois de plus ! Une pierre funéraire, à n'en pas douter. Une de ces très communes pierres funéraires qui ont veillé à la tête, si ce n'est aux pieds, quelque mort, et dont la foule procure une si curieuse impression à ceux qui visitent nos cimetières. Je dirais une impression d'exode, oui, pour paradoxal que cela paraisse, et d'un exode taciturne, obstiné. Elles moins que d'autres pourtant devraient quitter les champs de repos où, estampillée chacune au patronyme de l'habitant souterrain dont elles gardent le sommeil, le rite immémorial les rassemble. Mais rien n'y fait, elles partent, ces déserteuses. Elles partent pour une destination d'elles, et d'elles seules connue, emportant nom et traces dernières des ombres confiées à elles. Elles s'échappent pour obéir, jurerait-on, à un appel, pour accomplir un destin.

Et les âmes délaissées, songe-t-on, qu'advient-il d'elles ? Esseulées, elles sont sûrement livrées à une ombre, à une consumation plus voraces.

On en rencontre ainsi un peu partout, de ces stèles. Mêlées à de naïves pierres tout droit venues de leurs carrières, elles sont employées au dallage des rues, des cours de maisons, des canaux, des bassins, des escaliers. Mais rarement entrent-elles dans l'édification d'un mur d'enceinte ou d'habitation comme celle qu'il m'est donné d'observer ici. Et plus rarement encore, pour ne pas dire jamais, les inscriptions sont-elles tournées vers l'extérieur, offertes au regard. L'habitude, en effet, est d'enfouir leur face lisible. Pourquoi ?… Dans l'intention probable de restituer ingénuité et innocence à ces transfuges. Certes, sans aucune marque pour les signaler à l'attention, elles sont mortes, du moins à leur façon. S'y attendaient-elles, savaient-elles, les étourdies, avant de déserter les jardins de paix et de courir se jeter entre les mains des hommes, qu'elles ne connaîtraient pas d'autre sort, ne finiraient qu'anéanties au fur et à mesure ? Et qu'avec elles serait anéanti le texte qu'elles détenaient ?

Un espoir les pousse : le pressentiment d'une survie réservée à quelques rares privilégiées, cela ne fait aucun doute. Sinon comment s'expliquer cette humeur pérégrine, ce goût du nomadisme. Et c'est, sans conteste, le cas de celle qui me fait face, qui semble en témoigner pour toutes, fonder en raison la bizarre migration.

Mais quelle survie, quel salut ? Selon moi, ceux que devrait assurer la transmission d'un message dont toutes seraient chargées. Car j'en ai la certitude : ces pierres transportent un message. Il suffirait donc qu'une seule en réchappât quand les autres iraient grossir le tout-venant des matériaux de construction !

Pour lors, la volonté de leur restituer ingénuité et innocence en emmurant leurs inscriptions n'apparaît, de la part des hommes, ni ingénue ni innocente : elle trahirait plutôt un plan de destruction délibérément et soigneusement concerté.

— Mais de quoi, demanderiez-vous, destruction de quoi ? Ne servent-elles pas deux fois plutôt qu'une, et même d'une façon plus utile la seconde fois ?

C'est là où l'incertitude commence, où l'on ne doit avancer les suppositions qu'avec prudence.

Je le pense depuis qu'un récent changement de domicile a placé sur ma route et à peu près au niveau de mes yeux cette dalle *écrite.* Il n'est pas de jour où sa vue ne m'intrigue, ne me trouble et pose un problème.

Ce matin, l'ayant déjà dépassée de trois pas, soudain, je me retourne. J'ai fait volte-face par une sorte de mouvement d'humeur. J'en ris aussitôt et m'approche de l'objet de ma curiosité. Je l'examine attentivement. Page d'un grand livre qui serait de grès : tel il se présente. Une chose on ne peut plus ordinaire, somme toute. Des moisissures étalent leur vert-de-gris sur la surface, peuplée, parcourue, fourmillante de signes gravés. La tablette est encastrée dans un mur unique en son genre dans notre ville : il se dresse sur toute la longueur de la rue sans interruption, et tourne quand la rue tourne, encerclant à la fin un quartier complet ! Les matériaux : moellons, briques, blocs plus ou moins importants de pierre grise, galets, terre, sable, cailloux même, qui entrent dans sa composition, en font une maçonnerie unique aussi par ce mélange hétéroclite et désordonné. Autre particularité de ce mur, ancien comme le prouve, s'il en était besoin, la négligence de sa confection – mais de quelle époque au juste ? Je ne me prononcerai pas, même d'une façon approximative, par ignorance d'une Histoire à laquelle je ne me suis jamais intéressé – il ne tient debout, selon toute apparence, que par la force de son épaisseur, dont on ignore l'importance réelle, mais qu'on devine énorme. Oh, il tiendra encore longtemps debout : j'en suis persuadé ! Dernier aspect distinctif, les matériaux ont été laissés nus, comme vous l'a montré ma description, nus contrairement à l'usage observé partout ailleurs de les recouvrir d'un crépi. Aussi loin que remontent mes souvenirs, cela a toujours été déploré par la population comme une laideur indigne de notre ville. Et de fait, aucun mot ne serait assez fort pour exprimer le sentiment d'offense et de contrariété qui nous assaille au spectacle d'une pareille négligence. Toutefois, il ne se trouve personne pour aller suggérer ou même penser qu'il doive y être porté remède.

Quant à moi, il me donne de plus une piètre idée de l'industrie, de l'habileté, de l'ardeur bâtisseuse de mes ancêtres. Cette carence n'a du reste rien qui me surprenne. J'ai de tout temps soupçonné sinon le mépris, du moins l'indifférence qu'ils ont professée pour les choses de briques et de mortier. Ce qui ne me les fait pas mésestimer, si l'on m'a bien compris, mais plutôt approuver, moi qui considère avec un égal détachement le vain orgueil des architectes et des entrepreneurs, et la grossièreté de leur goût pour ces tas de pierres qu'ils nomment : édifices, palais, monuments ! Il y aurait beaucoup à dire là-dessus.

Et d'abord sur la gêne que provoque chez mes concitoyens ce mur qui ne cache pas sa nudité. Mais les autres murs, pour bien crépis et lisses qu'ils soient, sont-ils d'une meilleure qualité ? Je parie mille contre un qu'ils se révéleraient à l'examen faits tout autant de bric et de broc, et que la seule différence se trouverait dans le soin avec lequel ce salmigondis a été masqué !

A quoi sert par conséquent de manifester un ennui hypocrite si, au fond, les choses sont partout semblables, aussi médiocres ? Pourquoi se donner l'illusion de tenir à une excellence dont la nécessité n'a jamais été profondément ressentie par qui que ce soit ?

Mais, pour l'instant, mon propos n'est pas de répondre à ces questions.

Quitte à perdre deux ou trois minutes, j'ai résolu de déchiffrer les signes que présente la face de la stèle. Commençons. Il faut que je reparte, cette fois, la curiosité satisfaite. Du premier coup, j'ai lu ou cru lire le début du verset : *"Nous avons proposé le dépôt de nos secrets..."* J'ai continué de mémoire : *"... aux cieux, à la terre et aux montagnes. Tous ont refusé de l'assumer, tous ont tremblé de le recevoir. Mais l'homme accepta de s'en charger. C'est un violent et un inconscient."* Creusées dans une pierre tombale, ces paroles ne me paraissent pas insolites. Sur le point de m'éloigner, je regarde cependant de plus près les caractères qui sont devant mes yeux. Ils se sont brouillés ! Je ne reconnais plus les mots que mes lèvres viennent de prononcer ! Ces phrases, qui ne figurent nullement sur la dalle, une confusion incompréhensible me les a fait inventer ! C'est une sorte d'erreur fréquente, à bien y réfléchir, due à l'impatience qui fait notre sentiment intime devancer souvent notre intelligence dans l'appréhension des choses. Elle nous pourvoit en connaissances d'autant plus accidentelles que notre mémoire est toujours prompte à lui prêter main-forte, comme pour se divertir à nos dépens !

Je me rapproche de la tablette, m'efforce d'y lire le texte réellement inscrit. Une usure avancée et l'état vétuste de la pierre, à quoi s'ajoute l'attaque des lichens, me compliquent tout de suite la tâche. Et je trouve plaisante cette difficulté surgie là où je n'en attendais aucune. "Qu'importe ! me dis-je. Encore un peu de patience et ce sera tiré au clair."

Je reconnais bientôt quelques mots à leur aspect familier. Mais… Impossible ! Les caractères sont trop espacés, trop éloignés les uns des autres pour avoir pu former une suite cohérente et me permettre de reconstituer des vocables. Bon. Ils vont me fournir des jalons, toujours utiles dans ce genre d'opération. Instruit et mis en défiance par ces premiers mécomptes, je vais continuer seulement une fois sûr du mot initial, avant d'aborder le second. J'éliminerai peu à peu tout risque d'erreur. Mais le premier mot lui-même se révèle plus qu'à moitié effacé ; c'est dire combien les autres seront peu lisibles. Je remonte alors jusqu'à la première lettre et la soumets à l'épreuve d'une étude sévère. Du coup, ses voisines se parent d'une graphie incertaine, fantaisiste, qui se prête à plusieurs interprétations, différentes à en avoir l'air contradictoires ! Sous mes yeux, de faux vocables se forment et prolifèrent dans ce conglomérat de lettres et de signes que l'érosion a découpés et isolés arbitrairement à l'intérieur de mots authentiques, eux, mais estompés, troublés.

Force m'est de convenir que j'ai échoué dans ma tâche. Je recule, puis recommence. Tous les caractères me filent encore entre les doigts comme du sable ! Les limites de ma pauvre attention sont dépassées. La dalle a comme bu toute signification et est retombée au concret absolu de son état de pierre. Je me heurte à un mur aveugle. Je cherche une issue. Tandis que j'essayais de comprendre le hiéroglyphe… que s'est-il passé ? Ai-je pénétré dans un labyrinthe sans m'en douter, et y suis-je enclos ? Il me faut retrouver la sortie ! Je ne vais pas m'affoler pour si peu. Je ne suis pas loin de mes semblables : j'en ai la nette impression malgré mon étouffement, malgré ce réseau de lignes qui m'enserre et me retient prisonnier. D'une forte poussée, j'arriverai à m'en délivrer.

Je me suis engagé dans une aventure qui pourrait me coûter cher, je veux bien. Mais ce besoin de lire une inscription de hasard, rencontrée au passage, d'où et pourquoi m'est-il venu, qu'est-ce qui me l'a inspiré ? Mon destin ? Allons donc ! Qu'est-ce qui est perdu ? Moi ? Vous me faites rire ! Ces mots qui se dérobent, remontés j'ignore assurément d'où, mais qui se plaisent à prendre des airs de témoins sans défaillance de tout ce qui a été et, probablement, sera, vont-ils me condamner à l'ensevelissement perpétuel parce que je n'ai pas su les déchiffrer ? Si j'en ai été incapable, c'est parce qu'ils se sont esquivés devant mes tentatives et continuent de fuir encore à présent ! Pourquoi se cachent-ils comme derrière un paravent, simulent-ils l'usure ? Je ne demande pas mieux que de les lire, mais il y a des limites ! En quoi ai-je justifié pareille rigueur, qu'ai-je fait pour mériter de tels tourments ?

Peut-être ne suis-je qu'une offrande par quoi notre monde a voulu se concilier quelque chose d'inconnu. Oui, peut-être ne suis-je qu'une victime jetée en sacrifice. C'est pour cela, et rien d'autre ! qu'a cessé brusquement toute communication entre les hommes et moi. Et tout a commencé à l'instant même où je me suis arrêté devant cette écriture. J'ai été arraché au monde juste à cette minute. Et maintenant je suis débordé de tous les côtés, aspiré par l'abîme.

O abîme sans fond des significations : un mot, que je réussisse à épeler un seul mot ! Il englobera tous les autres et leur redonnera à tous naissance ! Je serai alors sauvé !

Mais je suis pris d'effroi à la pensée que…

Non, je ne veux pas me plonger dans ce délire ; je vais découvrir le premier mot. *Le premier !…*

LA DESTINATION

Les basques d'un manteau noirâtre agitées par le vent des hauteurs lui balayaient les genoux tandis qu'il attendait, silencieux, parmi les pins et les cyprès. Il restait en attente même après que Chadly se fut montré. Par-dessous le chèche poudreux enroulé autour de son crâne, ses regards d'un éclat de lame fulguraient, se dérobaient. Il tenait en laisse un chien au poil couleur de terre. La bête grognait.

— La paix ! lui ordonna-t-il brusquement.

Chadly s'avança encore. Elle devint d'un coup furieuse, bondit sur place. Elle l'eût déchiré.

— La paix ! répéta l'homme.

Il la rudoya pour la faire taire.

A distance, Chadly questionna :

— Nous partons ?

L'individu ne répondit pas. Il s'éloigna. Chadly le suivit et marcha bientôt près de lui. Ils foulaient un chemin de terre rouge, large, raviné, encombré de pierres, de branches, s'enfonçant à travers les bois. Lui à gauche de l'homme, la bête à droite, toujours rogue. Ils ne faisaient pas plus de bruit que des ombres.

Les pins secouaient un parfum d'éther et de résine. Ils s'enflaient parfois d'une rumeur de ressac. Les troncs raides s'interposaient de tous côtés devant eux.

Ils gravirent le flanc de l'éminence, atteignirent le sommet.

Le bord d'une falaise les arrêta.

Chadly jeta un regard au fond du précipice. Le mur de granit tombait d'aplomb dans la forêt, aussi dense, accrochée à ces pentes.

L'homme entreprit sans un mot d'en suivre l'arête ; le chien allait devant. Chadly s'engagea comme eux sur l'étroite bande de roc. La progression le rapprocha peu à peu du vide. Plusieurs fois, le pied faillit lui manquer et autant de fois la sueur l'aspergea. Ses gestes se déployaient dans un paysage brouillé, il plaçait chaque pas avec une opiniâtreté de somnambule.

Il parvint à une anfractuosité du rocher ; il était à bout. Ses jambes tremblaient.

L'homme, arrêté là et agenouillé, nouait une cordelette sous le poitrail du chien. Chadly le regarda faire, la tête bourdonnante. La bête accepta docilement de passer ensuite dans le trou.

Tant que dura la plongée, elle se garda de donner de la voix.

Le lasso offrit du mou ; l'homme le laissa glisser de ses mains. Il s'agrippa aux saillies de la roche.

— A nous, lança-t-il.

Avec une prestesse inattendue, il disparut, lui aussi, dans l'espèce de puits.

Chadly y pénétra à son tour. Ce lui fut plus aisé d'atteindre le fond, aidé par toutes les aspérités, que d'avoir quelques minutes plus tôt côtoyé le précipice.

Tous trois se retrouvèrent au pied de la falaise.

Chadly considéra l'homme, puis la masse granitique. Celle-ci était encore plus revêche qu'elle ne lui avait apparu d'en haut. Son compagnon ne semblait pas la voir.

Sans observer de pause, ils se mirent à dévaler l'autre versant.

La forêt s'interrompit. A l'orée, des vignobles s'alignaient.

Ils continuèrent à découvert sur une petite route blanche de poussière, creusée de deux sillons parallèles. Ils longèrent les derniers boqueteaux de pins et gagnèrent la plaine.

Les champs s'étalaient jusqu'à l'horizon barré d'une frange de montagnes. Déserts. Une frontière invisible avait été franchie, eût-on dit. Venant à leur rencontre, la mer de vigne aux reflets cuivrés moutonnait. Le ciel s'était fait attentif. Un ciel du soir, aéré, plein de lumière.

Chadly s'étonna de ce qu'il éprouvait. C'était son premier jour vécu au-dehors depuis huit mois. Il aspirait cet air, qui ne cessait d'être brassé par des effluves de pins, et l'expulsait fortement.

La grand-route fut là. Tout à trac, l'homme dit :

— Ils ont peur. Ils ont peur de tout et de tous. Ils tuent et détruisent autant qu'ils peuvent.

Le soleil se répandait en nappes sanglantes.

— Ils sont malades de peur. Ils ont peur de leur propre ombre.

Chadly écoutait le vent sourdement murmurer à ses oreilles.

— Ce sont des maudits.

Le regard de l'inconnu se fixait sur l'horizon en feu. Les montagnes qui avaient longtemps flotté dans la brume s'assombrissaient, reprenaient du poids. Les terres enveloppaient les deux hommes de leur voix grave.

Chadly écoutait toujours l'air sourdement murmurer, quelque chose d'opaque s'était réveillé dans son cœur.

Il s'arrêta. L'homme s'arrêta de même, le transperça de l'alêne de son regard.

— Ils haïssent, eux qui n'ont plus d'avenir, tout ce qui en a !

Vermeille, la lueur du couchant cernait le contour droit de son visage, s'accrochait aux pointes d'une barbe de plusieurs jours. Elle s'évanouit.

— Yeh !

Chadly se retint de livrer sa pensée. Il reprit sa marche. Il régla de nouveau son pas sur celui de son compagnon.

Les terres s'étaient enfoncées dans une immensité obscure. N'en pointaient que les plus hautes cimes.

Chadly tendait toujours l'oreille. Le frottement des jambes de son pantalon provoquait le seul bruit, régulier et monotone, qu'il pouvait entendre. Le poids qu'il véhiculait restait ancré au fond de lui ; elles ne l'en délivraient pas, ces ténèbres tombées subitement, où ses pas résonnaient.

Il revit la ville d'où il s'était échappé. Eclatements, fusillades, explosions, cris, tout le monde courait, s'efforçait de sauver sa peau. Les magasins fermaient, leurs vitrines volaient en éclats. Les murs se couvraient d'éraflures, d'étoiles de balles. Et partout s'écroulaient des hommes, des enfants, des femmes. Des flaques de sang constellaient le sol, noircissaient, s'évaporaient ; mais leurs empreintes demeuraient. Ça allait encore à peu près, tant qu'il ne faisait pas nuit. Dès le crépuscule, invariablement, revenait la démence, la terreur s'insinuait dans les rues.

Il marcha comme s'il n'avait plus aucune destination à atteindre.

La voix de l'homme râpa le noir.

— Ce qui fait mal au cœur, c'est de voir notre sang versé pour un sang aussi impur.

— Nous faisons ça pour notre pays, non pour le sang.

D'avoir prononcé ces mots, Chadly se sentit soulagé.

De l'ombre, fusaient des froissements, des stridulations, de longues plaintes d'oiseaux nocturnes. Une rivière inassouvie de bruits et de vent.

Il entrait dans cette profondeur aveugle, l'animation s'en prolongeait dans son corps.

— C'est fini, déclara l'homme.

Chadly ne saisit pas ce que voulait exprimer maintenant cette voix rêche.

L'autre :

— Tu es libre à partir d'ici.

Il eut une sorte de déchirement de la gorge.

— Tu peux continuer seul.

Chadly devina qu'ils étaient sortis de la zone de ratissage que son guide devait lui faire traverser.

— Quoi : c'est fini ?

— Fini. A partir d'ici, tu es *indépendant*.

Le déchirement reprit et fondit dans les ténèbres.

Chadly ne sut à quel moment il avait cessé d'entendre les griffes du chien cliqueter sur l'asphalte et de sentir la présence de son compagnon.

Quoique avançant au plus fort de la nuit, il savait à présent où il se trouvait. Sa deuxième nuit de marche ; au cours de la journée, il s'était caché et reposé…

Le pays s'érigeait, appuyé à la pâleur du ciel, en une masse dont toutes les lignes se confondaient. Les chemins descendaient à la rencontre de Chadly. Par instants, la route se mettait à luire confusément. Il faisait volte-face pour voir si des phares d'auto ne couraient pas sur ses traces : ce matin, il avait failli être surpris par un convoi militaire. Une fois retourné, rien ; il n'y avait auto ni âme qui vive. Alors cette solitude elle-même lui envoyait une bouffée d'émotion au cœur.

Il continuait à marcher. Son sang, le vent, le silence grondaient à ses oreilles. L'image de son guide revenait obstinément le hanter, puis s'effaçait. Repensant à lui, il s'avouait qu'à un moment donné il avait été pris d'une sorte de panique. L'homme appartenait à l'organisation : elle l'avait choisi, c'était certain, et il s'était convenablement acquitté de sa mission. Chadly se disait donc qu'il n'hésiterait pas à se risquer sur les routes avec lui si c'était à refaire. Pourtant, le même malaise le retraversait ; il savait que la guerre avait prodigué les pouvoirs et qu'on était tenté d'en user même sans raison.

Ces pensées flottaient encore dans sa tête. Il songea à Tnine, son village. Faisant mentalement le tour des habitants qu'il connaissait tous : "Il en reste combien ?" Il en était à supposer qu'il le saurait bientôt quand, brutalement, le sommeil l'empoigna à la nuque. Dès lors, comme s'il eût été retransporté au bord de la falaise et que, ce coup, il n'eût plus pied, il dériva les yeux ouverts sur un lit de vagues. Il roula, un monde improbable l'absorba ; pour aussitôt le rejeter et reculer ; et revenir encore, et le recouvrir. Les collines elles-mêmes se soulevèrent et se renfoncèrent à l'instar de navires guettant du large les signes de lumière annoncés par les cartes. D'un lointain noir, il surveillait les formes endormies de la terre, les étoiles ; tout était remuement à l'entour et dans le cœur de l'homme de fatigue, cherchant aussi les signes qui le guideraient.

Et il interrogea de nouveau sa mémoire : "Quel est ce village où je vais ?"

Il s'endormit sur cette question, l'oublia. Un trébuchement le réveilla. Les yeux ouverts, il rêva à la mort. Il écouta vagir des voix jamais entendues : cruelles comme un désir. L'appel, si appel il y avait, montait de tout près et à une grande distance : du ventre sauvage de la nuit et d'une antique maison perdue entre des abricotiers, un figuier à multiples troncs, et des cactus.

Soudain, il ne fut plus que l'enfant habité par les odeurs de la maison, la fraîcheur de ses murs, les voix de ses gens. Une chambre s'entrouvrait sur des piles de couvertures de laine et des amas d'ombre. Une femme en battait le sol de ses pieds nus, un pan de sa tunique fixé à la ceinture. Elle s'évanouit sitôt entrevue.

… Alors que son poids le tirait vers les racines, les étoiles entrèrent en effervescence, lancèrent vers lui des cris aveuglants. Ecartelé entre cette légèreté et cette pesanteur, il ne sut plus ce qu'il devenait. Les champs, la nuit : qu'avaient-ils de plus réel que ce ciel ?

La route montait. Il était las. Il voulait encore marcher.

Encore marcher ? Pour aller où ?

Il n'en eut plus la force. Il quitta la route, pénétra dans un pré où il s'étendit au fond d'un creux.

Il éprouva la douceur de la terre.

Il contempla les étoiles, leur envoya un clin d'œil. Toutes quittèrent le ciel pour s'abattre en pluie.

L'averse incandescente n'était pas arrivée sur son corps qu'il dormait.

Réveille-toi : l'aube pointe ! Ce n'est pas tous les jours qu'on revient. Qu'on revient chez soi. Pelisse usée, la fatigue est tombée de tes épaules. Voici l'heure la plus cordiale, où la vie dénombre ses vivants. Réveille-toi ! Il sortira bientôt des hommes dans les champs…

Chadly ouvrit les yeux à la lumière qui gazouillait. Le flamboiement augmenta, l'étourdit.

Des nuées éblouissantes accouraient du fond de l'horizon où se dissolvaient les montagnes. Elles s'égaraient parmi les oliviers, se confondaient avec des odeurs de thym, de lentisque et de terre humide, s'immobilisaient. Rien ne bougeait plus dans la clarté frissonnante. Puis, tranquilles, elles redéferlaient.

Plongé dans le matin froid qui grandissait, le pays prolongeait son sommeil.

Chadly se mit debout, examina le lointain en direction de son village. Les collines, les arbres, les cultures ne semblaient avoir connaissance de nulle vie d'homme. La force de ce bonheur sans mémoire le troubla.

Il demeurait là sans se décider à reprendre la route. Il scruta encore les hauteurs. Les terres n'étaient qu'oubli. Aucune silhouette de fellah ou de bête ne se montrait.

Il crut voir une ombre traverser le jour.

Il se précipita, le regard rivé sur un seul point de l'espace. Renonçant à arriver chez lui par des chemins détournés comme il en avait d'abord eu l'intention pour se soustraire à la curiosité des habitants, il allait au pas de charge sur la grande route. Bientôt un troupeau de maisons se révéla, serré au sommet d'un monticule. Il continua au galop.

Et il s'arrêta net.

Le village se dressait devant lui : froid, taciturne, avec une sévérité de casbah. Pas un filet de fumée par-dessus les terrasses. Chaque habitation se découpait, muette, sur un ciel tendu que la chaleur faisait virer au vert. Des volées d'étourneaux, seules, se pourchassaient, peuplant l'air d'ailes noires et de criailleries.

Il gravit lentement la fin de la côte rocailleuse. Son cœur résonnait de toutes les vagues de sang qui s'y entrechoquaient. Il arriva parmi les ruelles. Les tourbillons d'étourneaux prirent de la hauteur, s'enfuirent, et le silence qu'ils laissèrent parut vouloir lui barrer le chemin.

Il avança tout de même, inspecta la première maison dont il s'était approché. Portes et fenêtres en étaient murées. La deuxième aussi formait un bloc aveugle. Il lorgna vers les autres. Leurs ouvertures avaient pareillement disparu, bouchées de pierre et de mortier. Une espèce de nuit oblitéra ses sens.

Il refit surface dans la lumière illimitée du matin et, la rétine blessée, accomplit le tour du village.

Toutes les portes et les fenêtres avaient été comblées.

Et chez moi ? Le temps fut sans mesure qui sépara la suite de sa question. *Comment est-ce ?* Il s'était déjà échappé du dédale des venelles et rué en avant, il était à cent cinquante mètres plus haut – ou combien ? Le chemin de roches éclatées montait toujours. Il avait reconnu les arbres, ses arbres : ils protégeaient de leur feuillage la bâtisse dont un angle de couleur ocre écartait les frondaisons. Ainsi il les avait reconnus. Il les avait comptés aussi. Au même instant, il aboutit devant un porche.

Muré.

Un tremblement, imperceptible d'abord, puis irrépressible, le saisit.

A sa grande stupéfaction, il s'entendit hurler :

— Yéma ! Aâlia !

Appeler sa mère, appeler sa femme, comme si elles se trouvaient enfermées à l'intérieur ! Comme si elles eussent dû lui répondre ! Peut-être lui ouvrir ! Qu'est-ce qu'il lui prenait ? Il ne comprit pas pourquoi il n'avait pu retenir ces cris. Effrayé par l'éclat de sa voix dans l'énorme silence du matin : "Je m'égare", se dit-il. Mais la même houle indomptable revint, le jeta contre le mur qui lui barrait l'entrée de sa maison, et il frappa des poings, frappa, recommença.

La maçonnerie demeura inerte. Il la griffa furieusement.

Les ongles arrachés, les mains ensanglantées, alors, il s'enfuit.

La lande l'accueillit.

Il crut qu'autour de lui le pays avait été remplacé par un autre. Eclipsés les lieux qui avaient fait partie de sa vie, éclipsés ou retournés à un monde indéchiffrable. Il dévala des pentes. Il battit une campagne où, folle écume, les oliviers seuls secouaient parfois leur torpeur. Ils se réveillaient, s'agitaient un peu, puis reprenaient leur guet. La lumière crayeuse corrodait les yeux. Il erra longtemps. Il traqua son propre fantôme. Il tâtonna, se perdit.

Il tomba au centre d'un plateau, englouti par une invincible somnolence. Dans la solitude stérile, il rêva de sa maison, de sa femme. Comme un murmure de source, l'écho de plusieurs rires mêlés le parcourut. Il songea à telle ancienne fête et un voile rouge s'abattit sur ses paupières. Frissons, légère titillation, l'éclat des terres privées de réalité se fit anéantissement. Je suis mort, se dit quelqu'un.

Le ciel laissait insondablement éclater le cœur ténébreux de la lumière. L'après-midi, déchirant la nudité du paysage, débordait du plus noir de cette échancrure. Chadly y ballottait sans défense.

Puis l'illumination s'atténua. Le soir vint rendre au monde son innocence. Il n'y avait plus que cet homme échoué dans une pierraille usée par le soleil, une mort des couleurs, et qui ne bougeait pas. Qui écoutait la crue grommelant en lui, la crue disant : "Ce qui va être effrayant, ce sera de vivre… Ce sera de vivre, ce sera de vivre." Il se pouvait qu'elle dît d'autres choses encore. Le cou tendu, lui, regardait la campagne. Les champs avaient réajusté leur visage familier ; le même moutonnement d'oliviers inondait le pays jusqu'à la plaine. Lui, se contentait d'attendre.

Il n'attendit pas longtemps. Fendant la clarté de miel, la nuit fut tout de suite là.

Il se leva, rentra ses mains dans les manches de sa veste. Il chercha la route par où il était venu.

Il avançait, il étudiait l'opacité de la terre. Loin de celles qu'il avait abandonnées derrière lui, ces hauteurs remuaient. Rompu par le bruit de ses pas, leur silence bourdonnait. Infinie, leur respiration ébranlait la nuit. Et des étoiles différentes lui faisaient signe.

NAËMA DISPARUE

Cinq semaines se sont écoulées ; toujours sans nouvelles de Naëma. Rien. Des gens pensent qu'elle est détenue à la caserne Bedeau. La caserne Bedeau… Ceux qu'on y incarcère sont considérés comme des otages : on raconte des choses horribles sur eux.

Comment s'en assurer ? On ne peut rien savoir avec certitude, on n'en a vu aucun revenir. Attendre ; que filtre une nouvelle, que Naëma soit, par miracle, menée devant les tribunaux. Attendre… C'est tout ce qu'on nous laisse.

Je promène les enfants, je les conduis souvent au jardin public que nous appelons "le petit jardin", où nous passons quelques instants l'après-midi. L'automne rougit les verdures, mêlant ses tons roux et jaunes au bleu du ciel. Nous ne pouvons rester longtemps. Très tôt le jardin se vide et il y a danger à s'attarder. Les enfants s'y amusent bien pourtant. J'y trouve, moi aussi, les seules minutes de répit qu'il m'est donné de connaître désormais. Nous y passerons tous, dans cette guerre.

Mais s'il y en a qui en réchappent, ceux-là auront beaucoup appris. Rahim qui n'a que sept ans en a déjà vécu trois de guerre, et il pose sur moi des regards si graves, si envahis d'une interrogation muette, que je me trouble et me sens coupable.

Je lui demandai il y a quelques jours pourquoi il me dévisageait de la sorte.

— Faut pas lambiner, papa, pour lancer une grenade, n'est-ce pas ? me répondit-il.

Une folle tristesse m'étreignit. Que lui dire ? Des boniments ? Ça ne prend plus, même avec Rahim. Attentats, attaques, embuscades : l'écho se perçoit dans ses paroles et ses pensées, de tout ce qui arrive. Je n'essaie pas de lui apprendre à être prudent, il ne me comprendrait pas. Entre nous, il y a déjà cette déchirure.

Un autre jour, sans me douter à quoi je m'exposais, je le questionnai, riant :

— Que penses-tu qu'il faudrait faire ?

— Les tuer tous. Faire éclater des bombes sans arrêt.

Il avait parlé sans hésiter et sans cesser de me scruter de ses yeux innocents.

— Tu ferais ça, toi ?

— Oui. Et toi, non ?

— Non, dis-je.

Je le vois encore me contempler d'un air incrédule.

A la maison, les locataires sont devenus de plus en plus discrets sur le compte de Naëma. Je tâche de la remplacer tant bien que mal auprès des enfants le temps que dure son emprisonnement. Les voisines me débarrassent toutefois d'un certain nombre de corvées. Balayer, faire la cuisine, la vaisselle ou la lessive : ce sont elles qui s'en chargent, elles n'auraient à aucun prix toléré de voir un homme occupé à ces besognes. Il leur arrive même de faire manger Bénali, Zahya et Rahim en mon absence. Régulièrement, une femme voilée apporte une certaine somme – l'allocation du *Front* – qu'elles me remettent. Cette femme ne leur a jamais montré son visage et elles n'ont jamais réussi à savoir qui elle est. Elles se gardent bien d'insister, du reste.

La maison ne cesse à aucun moment d'être agitée de remous. Il faisait encore sombre, ce matin, un jour odorant et frais se levait, quand des voix, des chuchotements affolés la parcoururent. Ce ne fut, heureusement, qu'une fausse alerte. Ces spasmes d'excitation, fréquents, atteignent leur paroxysme surtout après les explosions. Les locataires arrivent alors avec des nouvelles, les crient aux autres, les chambres se vident dans la cour, chacun vient dire son mot. Il n'y eut rien de tel, mais la journée ne faisait que commencer.

Au milieu de ces convulsions, je pense à Naëma. Ignorer où elle est, ce qu'on a fait d'elle, m'est une torture. En ville, les disparitions, les morts, les internements prennent de telles proportions qu'on ne les compte plus, que ceux du jour font oublier ceux de la veille.

Des affiches collées partout montrent des hommes abattus. Les tribunaux proclament tous les jours des condamnations à mort. Les exécutions sommaires se multiplient, et chaque matin s'accompagne de la découverte de corps mutilés. Sans oser me le dire, la plupart des voisins, je le lis sur leur figure, pensent que Naëma ne reviendra plus.

Hier, deux inconnus m'accostèrent dans la rue et, devant un atelier de tailleur, me firent faire le guet. Après leur départ, de son air le plus naturel, le tailleur me dit :

— Oui, ils ont déposé certaines choses ici.

— Comment ça ?

— Eh ! fit-il.

Je compris.

Et j'en ai fait la découverte à ce moment-là : le danger ne provoque plus qu'une réaction de défi chez moi.

Cet après-midi, tandis que je traversais la rue qui mène à la place toujours grouillante de Soc-el-Ghezel, le piège fonctionna. Il y eut d'abord un flottement de la foule et des cris montèrent. Deux coups de feu venaient de claquer, suivis d'une explosion. On se bouscula, se piétina ; la place se dépeupla en un clin d'œil.

Seul gisait, abandonné, le corps d'un homme dont on ne voyait pas le visage. Je décampai pour éviter de me faire cueillir par les policiers dont les sifflets vrillaient déjà l'air.

Je me réfugiai, dans la ruelle voisine, chez un cordonnier.

— Eh bien, eh bien, qu'est-ce qui se passe ? Il y a du nouveau ? demanda l'artisan, étonné par mon entrée précipitée.

— En fait de nouveau, il n'y a qu'un attentat qui vient d'être commis à Soc-el-Ghezel, dis-je.

Je m'arrêtai, le souffle court.

— Ah ! fit-il.

La pâleur de sa figure longue et fine s'éclaira d'un sourire.

— J'aurais parié qu'il y avait la paix, j'aurais parié que vous nous apportiez la paix.

— La paix ? dis-je. C'est une chose dont personne n'a entendu parler.

Je conserve encore un souvenir très net de cet instant et des paroles qu'il a prononcées. Souvenir d'autant plus net que je n'avais pas fini de lui répondre et de rire, à mon tour, nerveusement, de ma frayeur, que deux autres explosions ébranlaient la rue. Nous entendîmes cette fois des hurlements sauvages s'élever tout près, une fusillade démente se déchaîner et vite se muer en une tempête de feu. Des silhouettes cassées d'un coup s'affaissèrent sous nos yeux.

Les hoquets des mitraillettes se rapprochaient. Je suggérai au cordonnier de fermer son atelier. Sans dire mot, il verrouilla la porte et nous nous jetâmes sur le carrelage.

J'écoutais le vacarme qui s'engouffrait dans la rue. Je ne me rappelle pas avoir eu peur. J'étais calme, froid ; curieux seulement de savoir ce qui allait se passer. Les secondes défilaient avec une lenteur engourdissante.

Des coups furent alors assenés à la porte comme pour la démolir. Le cordonnier voulut ouvrir, il m'interrogea du regard. Je lui fis signe de ne pas bouger.

Les coups redoublèrent, devinrent de plus en plus impérieux, de plus en plus rageurs. A la fin, la porte céda. Un soldat entra. Il ne chercha pas longtemps : ramassant mon compagnon par le collet, il le traîna dehors. Arrivé sur le seuil, il lui donna un coup de crosse si furieux dans la poitrine que le cordonnier vomit un flot de sang et tomba, la figure tournée vers le ciel. Voyant une soupente au-dessus de ma tête, j'y grimpai et m'y terrai. Mais le soldat ne revint pas.

J'attendis, couché là-haut, dans la pénombre, à côté de rouleaux de peaux. De ma place, entre deux planches disjointes, je distinguais un segment de la rue. Légèrement, le crépuscule afflua dans l'échoppe. Je ne faisais pas un mouvement, je regardais, je reniflais l'odeur du cuir, les minutes passaient.

La tourmente s'était éloignée. Il ne roulait plus que des grondements assourdis à travers les profondeurs de la ville.

Je me levai, secouai mes habits. En sortant par l'entrebâillement de la porte défoncée, il me fallut enjamber le corps du cordonnier. Les rues par lesquelles j'allai étaient étrangement paisibles et désertes.

Nous acceptons de mourir, mais nous n'avons pas encore appris à nous quitter. Cette nuit, ma pensée, la ville, la guerre, tout est muet. Je me redresse, regarde autour de moi ; tout me paraît absurde.

Les enfants dorment. Pourquoi ces enfants ? Que font-ils ici ? L'envie me prend de m'habiller et de courir jusqu'à la vieille ville malgré le couvre-feu. Ensuite, j'ai toutes les peines du monde à me rendormir. Je me rendors. Ma tête roule dans une marée sans fin.

Aux premières lueurs de l'aube, je sors. Des gens pressés vaquent déjà à leurs affaires, des bicyclettes louvoient dans la foule en tintant, des marchands ambulants encombrent les trottoirs. A Soc-el-Ghezel, les seuls magasins fermés : ceux dont les propriétaires ont été abattus. Les griffures des balles sur les façades, les rideaux de fer déchiquetés sont toujours là, je n'ai pas rêvé : des vitres brisées, des briques éclatées jonchent le pavé.

J'arrive à la boutique du cordonnier.

Close. Je l'avais laissée ouverte, hier. Ce matin, un cadenas passé dans deux gros pitons ferme la porte à battants. Je la considère un instant. Et le cordonnier ? Qu'est-ce qu'on en a fait ? J'entre chez les commerçants, ses voisins, dans l'espoir d'apprendre quelque chose de plus que ce que je sais. Je n'en tire pas un mot, sauf qu'il n'y aura pas d'obsèques. Tous les corps, enlevés dans la nuit, ont été portés au cimetière et ensevelis par les autorités sans que les familles aient été avisées. Je vais me promener.

Je rôde sans but. Je me sens détaché de cette journée nue. Il faut réfléchir. Réfléchir ? Ce ciel béant, cette duveteuse lumière, cette saveur des choses m'en empêchent.

Je traîne longtemps dehors. Tout – je m'en aperçois bientôt – est habité par une odeur et un goût de
sang.

La nuit. De nouveau, une main brutale me
réveille, je prête l'oreille. De lointaines maisons
montent des hurlements. D'autres clameurs tout
aussi terribles se répandent de quartier en quartier.
Des coups de feu giclent, traversés de rafales de
mitraillettes. J'écoute, immobile, retenant mon
souffle. Ces cris de souffrance et de terreur sont
poussés par des femmes et des hommes. Puis le
silence se fait. Je ferme les yeux. Les bêtes de
l'Apocalypse peuvent venir parcourir la terre.
   Seules, des autos ronronnent au loin, et leur
bruit aussi s'évanouit.
   Le matin. Un ciel lavé au bleu de méthylène,
une étourdissante lumière ; et personne qui n'aille
à ses occupations sans des crochets d'impatience
au cœur.

Des corps supplicés ont été découverts, jetés aux
portes de la ville. Une dizaine, dont trois femmes.

La guerre se prolonge ; elle peut durer encore
des années. Nul n'imagine plus qu'il soit possible
de vivre autrement qu'au milieu du fracas perma-
nent des fusillades, des explosions. Chuchotées, il se

propage d'affreuses nouvelles. Je ne marche guère dans la rue sans regarder souvent derrière moi, sans être prêt à me jeter à plat ventre au cas où une grenade viendrait à être lancée, une bombe à partir. La vue d'un simple geste suspect me met sur mes gardes ; je n'attends jamais qu'il soit achevé pour filer. Une fois sorti de chez soi on n'est pas assuré d'y revenir vivant.

Il existe certaines places, certains marchés, certains carrefours, ceux notamment que gardent des postes de CRS, où j'ai définitivement renoncé à passer. Il en est de même des rues et des ruelles barrées avec des barbelés. Il ne fait pas bon s'y réfugier en cas d'attentat : on y est pris comme dans une souricière.

Pendant que, pieds et poings liés, nous restons livrés à des bouchers, la vraie guerre se passe au loin. Aussi notre unique défense contre la terreur quotidienne, la recherchons-nous dans le désordre, l'écroulement des institutions et des lois. Nous avons payé déjà trop cher pour hésiter ou reculer. Quelque chose a commencé qui est pire que la guerre elle-même.

Par moments, je désire trouver la mort dans un des attentats sans nombre perpétrés chaque jour ; ce sang dont nous sommes éclaboussés, ces relents d'abattoir, me font tourner le cœur, prendre tout en horreur. Puis, brusquement, j'éprouve une telle fringale de vie, une telle soif de savoir ce qui sera *après*, que je suis prêt à affronter toutes les armées et les polices du monde.

De quelle manière s'y prendront pour vivre ceux qui en réchapperont ? Que signifiera pour eux le retour à la paix ? Le monde a perdu pour nous saveur et couleur. Comment arriveront-ils à lui recomposer un visage humain ?

Je ne m'étais pas plus tôt assis au café Tizaoui tout à l'heure, qu'une patrouille fondit sur nous et, avec tous les clients attablés sur la terrasse, je fus poussé, bras en l'air, à l'intérieur. Serrés à étouffer, nous attendîmes chacun notre tour d'être fouillé et soumis au contrôle d'identité et de la "poêle à frire". Les bouches noires des mitraillettes promettaient la mort à quiconque aurait l'imprudence de bouger. Nous demeurions sans broncher au milieu de ce silence où un étrange calme était descendu. Je me disais : ils n'auront pas, ils n'auront pas raison de nous.

La vérification prit une heure, une heure durant laquelle chaque homme dut prouver son sang-froid. Et nous fûmes rendus à un après-midi lourd de menaces. J'avais la gorge douloureuse d'insultes ravalées. Le couvre-feu fixé à quatre heures et demie n'allait pas tarder à vider les rues ; je quittai le café. Au lieu de rentrer tout droit à la maison, je préférai marcher un peu. Une mortelle attente figeait les façades des maisons. Les gens allaient en silence, à pas prudents. La ville recroquevillée sur elle-même avait pris son expression des mauvais jours.

A l'extrémité du boulevard, les collines bleues de Mansourah se profilant sur un ciel léger m'envoyèrent au visage une inaltérable promesse de bonheur. J'aurais fait le tour des remparts, j'en aurais franchi les portes et… Si c'était encore possible !

Le but de ma promenade fut simplement le kiosque à journaux de la place de l'Hôtel-de-Ville où, connaissant un peu le marchand qui le tenait, je pouvais jeter un coup d'œil sur toutes les feuilles sans être obligé de les acheter. Je lus des nouvelles qui ressemblaient à celles de la veille et repartis. Je marchais le long de la grille du musée, j'avais déjà atteint l'angle de la rue : ce fut là que ça se produisit. La déflagration secoua si fort les murs autour de moi que je butai contre l'air, qui me brûla la figure. A la même seconde, il y eut une assourdissante avalanche de vitrines, des cris jaillirent de toutes les poitrines. Sur la place piquée de platanes, les gens fuyaient dans tous les sens. Je m'engageai dans l'artère la plus proche. On y entendait aussi des cris, des appels, des ordres.

Des rafales de mitraillettes la balayèrent et, devant moi, tomba un homme, puis une femme qui s'empêtra dans son haïk.

La rue se glaça.

Hurlant de toutes leurs sirènes, des camions surgirent qui freinèrent brutalement ; l'arme à la main, des parachutistes en sautèrent. L'un d'eux, aux yeux bleus gelés, me fit signe de partir. Je m'éloignai.

Mais à l'angle de la rue voisine, des territoriaux me lancèrent l'ordre de m'arrêter.

Je m'immobilisai. Les affrontant du regard, je pris le parti d'aller vers eux. A chaque seconde, je m'attendais à ce qu'ils tirent sur moi. J'étais tout à fait calme, froid, plein de mépris. "Ils n'auront pas la satisfaction de voir s'humilier l'homme qu'ils abattront", pensais-je en me contraignant à avancer. Il y avait là des visages qui ne m'étaient pas inconnus, même des visages d'anciens camarades de classe.

— Ne bougez pas ! me cria-t-on du groupe.

Je fis encore quelques pas ; une sensation de nausée me prit. Je ne sais plus dans le détail ce qui se passa ensuite. On me ramena sur la place après que j'eus reçu un coup à la nuque. Je me retrouvai dans un rassemblement d'autres Algériens tenus en joue. Sur la chaussée, des corps inertes s'allongeaient ; des hommes déjà morts ou sur le point de mourir. L'un des moribonds geignait faiblement à nos pieds :

— Aidez-moi, aidez-moi...

Personne ne fit un geste pour l'assister. Sur la place et dans les rues qui en partent, la chasse à l'homme continuait. Des silhouettes en uniforme, courbées, l'arme en avant, couraient derrière d'autres ombres qui fuyaient. Certaines d'entre celles-ci levaient les bras tout d'un coup, s'abattaient la face en avant et se confondaient avec le sol gris.

Un homme qui sortait à ce moment-là d'un bar, avisant un quidam dans un coin, se mit à vociférer en agitant les mains :

— Le voilà ! C'est lui qui a déposé la bombe ! C'est lui : je l'ai vu !

L'autre le regarda sans comprendre et serra un misérable couffin contre sa veste noire, sale, dont les revers froissés se croisaient sur sa poitrine. Quelques territoriaux accoururent les premiers. Ils l'empoignèrent sous les bras. Lui ne leur opposa aucune résistance. Ils le conduisirent au centre de la place, où ils déchargèrent à plusieurs reprises leurs armes dans sa poitrine, son ventre. Il s'effondra sans avoir lâché son fichu couffin.

Le dénonciateur, un libraire, cria :

— Vive la justice !

Ce fut sans doute lui qui nous sauva, ce petit homme, un manœuvre-maçon selon toute apparence, plus petit encore dans la mort, étendu au milieu de la place, de pierre, mais qui paraissait défier tout le monde à présent. Je ne pouvais détacher mes regards de son image, me délivrer de son mutisme.

Peu après, en effet, nous fûmes autorisés à repartir. Le bouclage levé, la population circula de nouveau librement : des cyclistes filèrent à tire-d'aile, des clients entrèrent dans les magasins et d'autres en sortirent, un acheteur de friperie lança son cri nostalgique, un marchand de légumes arriva en poussant son chariot. Finie, la frayeur. Il ne flottait plus qu'une vague odeur de sang, mais elle poissait toute chose, elle alourdissait la tête et le cœur. Je poursuivis mon chemin, pris la rue qui monte vers notre quartier.

Toujours la même incertitude, toujours la même démence. Toujours le même gouffre béant où s'engloutit notre existence.

Ce matin, on découvrit vingt corps exposés sur la vieille place. J'y allai. Beaucoup de gens y couraient aussi ; des maisons, s'échappaient des visages aux yeux brûlants.

Aux abords de la place, des soldats refoulaient la population, dressant des barrages à toutes les rues ; on ne pouvait aller plus loin. Je tournai de-ci de-là.

A cet instant apparut le plus étonnant défilé qui eût jamais arpenté notre ville. Composé uniquement de femmes sans haïks et d'enfants, ce torrent impétueux s'avançait en clamant à tue-tête le chant de la Libération. Violence, rage, douleur, défi. On ne savait ce qui poussait le plus ces femmes et ces enfants aux pieds nus, les précipitait au-devant des automitrailleuses ; un drapeau blanc et vert confectionné avec des hardes déchirées et nouées autour d'un bâton ondulait au-dessus de leurs têtes. Les parachutistes s'alignèrent autour de la place : au passage, des femmes leur firent sauter les bérets.

Tout à coup, des armes automatiques crépitèrent. J'eus l'impression que ma vue s'oblitérait. Alors, nous qui les regardions, écoutions leurs voix âpres monter au ciel, nous nous sentîmes fondre dans le même creuset de mort et de sang. Je voulus courir vers eux, beugler ce chant avec eux, et qu'on me tire dessus.

La bourrasque de feu se tourna vers nous. Tout le monde s'égailla, se piétina parmi les criailleries, s'agenouilla.

Deux heures du matin.

Une explosion ébranle le vide. Une rumeur s'élève au loin. Des coups de feu ponctuent l'obscurité, provoquant une fusillade spasmodique en réponse. Des half-tracks passent, secouent les maisons. Puis plus rien. On n'entend plus rien. Le silence ajoute d'autres murs à la nuit.

Le jour se lève dans une fraîcheur crémeuse, des tonnes de lumière se déversent ; même les cigales s'y laissent prendre, reviennent à la vie, lancent leur chanson. Des bâtisses, s'échappent des essaims de gosses qui s'emparent de la rue.

Un espoir insensé me soutient aujourd'hui. Qu'est-ce que ça veut dire ? Une envie de survivre, malgré tout, à l'écroulement général ? Je suis prêt à jurer, qu'on veuille ou ne veuille pas me croire, que le salut, la paix, la victoire sont pour demain ! Vibrant et dur, je me redresse, me tends, donne du courage aux autres.

Des réfugiés commencent cependant à affluer de la campagne. Affamés, harassés, ils apportent avec une odeur de terre, un souffle redoutable, une violence muette. Je songe au calme des champs qui entourent la ville et à la menace qu'il recèle. Même les arbres : immobiles, le feuillage fauve, léché par d'invisibles flammes, ils semblent à l'affût de quelque chose.

De retrouver les femmes à leur porte ou rassemblées dans la cour, d'entendre le brouhaha de leurs conversations me donne pourtant l'impression singulière que rien n'a changé, que rien ne changera. C'est comme ce beau temps immuable. Ni brumes ni pluies ne viendront jamais le troubler. Une vraie folie que ce temps !

Je suis toujours libre et en vie, mais tous les jours je me demande en quoi je le mérite et à quoi ça me sert. Les fusillades continuent d'éclater à tous moments, ma pensée va brusquement vers Naëma, puis revient aux dangers qu'apporte chaque seconde. Je pense à elle la nuit quand, les yeux ouverts dans le noir, j'écoute les moindres bruits de la ville, mais surtout le matin, à l'heure où les enfants se réveillent et où nous avons le plus besoin de sa présence. Ces matins vifs et bleus, presque des matins d'hiver, sont la chose qui me réconcilierait le plus volontiers avec le monde si je ne me levais comme je me couche : l'angoisse fichée au cœur.

La vie est un cauchemar transi, l'attente se change imperceptiblement en acceptation de l'inéluctable. Lentement s'insinue en moi l'idée que je ne reverrai plus Naëma, qu'elle ne reviendra plus, qu'elle ne marchera plus dans cette chambre. Je continue pourtant à vivre, je continue à guetter les bruits et les voix de la maison, à écouter les histoires des voisins.

Il y eut après cela plusieurs jours de grand vent. L'automne mourut. Sa splendeur balayée laissa enfin la grisaille s'installer. Les arbres se roidirent et, au-dessus de leurs branches desséchées, des nuages obscurs peuplèrent le ciel. Même dans mon désespoir et mon indifférence, je me réjouis de ce changement. Les dernières journées de l'arrière-saison étaient devenues insupportables à force d'éclat, de transparence, de pureté.

Il se mit à pleuvoir ; ce fut une délivrance. Il plut longtemps. Pluie ininterrompue, diffuse, irrespirable, qui glissait lentement sur un pays calciné. La guerre des rues se mit en veilleuse.

Pendant que je remue ces souvenirs, il pleut aussi, et c'est comme s'il n'avait cessé de pleuvoir depuis ce temps-là. Dans la ville trempée, ruisselante, j'usai encore des jours et des semaines en courses, en démarches, en sollicitations, je frappai à des portes sans nombre, pour retrouver ma femme. C'était hier, me semble-t-il, c'est aujourd'hui. Ce fut en vain. Il continue à pleuvoir dans un monde fuligineux, sur des arbres dénudés, des maisons noircies par l'eau. Je regarde ce ciel bas et lourd, et le même ciel fermé qu'alors, les mêmes rues noyées de vapeurs et de brumes, les mêmes fantômes de passants resurgissent devant mes yeux. J'étais encore soutenu par une sorte d'espoir, confiné, il est vrai, dans des régions si inaccessibles que j'hésite aujourd'hui à appeler ça de l'espoir. Une pierre avait été lancée dans un abîme et j'écoutais le bruit de son interminable chute.

J'étais cette pierre ; l'espoir auquel je me raccrochais fut peut-être qu'elle n'atteindrait jamais le fond.

Lorsque, de temps à autre, une éclaircie jetait ses sourdes lueurs sur la ville, je sortais et vaguais par les rues. J'essayais de prendre de l'intérêt à la vie des autres, faute de pouvoir en prendre à la mienne ; ce faisant, je ne m'occupais pas de moi. Et un matin, assez tôt, quelqu'un vint m'appeler à la maison.

L'homme qui m'attendait sur le pas de la porte, je ne le connaissais guère. Il m'attira un peu plus loin et se mit à me parler en baissant la voix. Il m'expliqua que depuis la mort d'un certain cordonnier, on se trouvait bien ennuyé : son atelier occupait une situation importante et n'avait pas été repéré par la police, en dépit de ce qui était arrivé. Il pouvait donc être réutilisé.

— Vous deviez être bien avec lui, ajouta-t-il, puisque vous êtes allé demander à ses voisins, le lendemain du massacre, ce qu'il était devenu. Depuis, personne n'a été trouvé pour le remplacer, rouvrir la boutique. Personne surtout de familier au voisinage. Or il est absolument indispensable de récupérer ce local. Est-ce que vous ne voudriez pas, vous… Oh, vous avez le temps de réfléchir, on ne vous presse pas ! Vous n'êtes même pas tenu de donner de réponse si ça ne vous enchante pas !

Je laissai cet homme débiter son discours, le temps de me faire une idée sur lui.

— Avez-vous les clés ? dis-je, à la fin.

Il tira de la poche de son pantalon un anneau tenant ensemble deux clés. Je le pris, et il s'en alla.

J'arrête ces souvenirs : c'est la pensée de ma femme, du cordonnier, des autres, qui m'a soutenu et aidé à vivre jusqu'à ce jour. Ils ont su, eux, pourquoi ils sont morts.

CELUI QUI ACCORDE TOUS LES BIENS

Sacré Karmoni ! A l'heure qu'il est, il doit être en train de marchander ferme son âme au diable. Oui ! Même en enfer, où je suis sûr qu'il est allé, il doit essayer de tirer parti de cette situation, nouvelle pour lui, mais non imprévue. Et nul doute qu'il n'y réussisse d'une manière ou d'une autre… si ce n'est déjà fait ! On peut jurer que notre ville, qui n'en a manqué pourtant à aucun moment, n'a pas connu de trafiquant plus roué, de renard d'autant de ressource. Ayant bu une fortune amassée par des moyens sur lesquels il ne s'est jamais montré regardant, il est mort. Je suppose, sans regret. Je veux dire avec la satisfaction de ne laisser traîner derrière lui un seul sou vaillant.

Mais il y a quelqu'un qui lui garde une dent ; c'est le fossoyeur Omar Douidi, celui qui a justement creusé sa tombe et qui était aussi de ses amis. Celui-là lui en voudra toujours. Omar Douidi affirme :

— Toutes les nuits, j'entends Karmoni qui couine en recevant la bastonnade. Il proteste qu'il est innocent. Mais il finira par avouer, le chien ! Il y a trop de témoins contre lui, il a fait trop de malheureux !

— Pourquoi, demandait-on à Moulaï Soltan, pourquoi toi et tes compères êtes-vous tout le temps autour de cette fripouille de Karmoni comme des mouches autour d'un bol de vinaigre ? Quel plaisir trouvez-vous à écouter ses inepties ?
— Du moment qu'il nous paye à boire, il peut dire ce qu'il veut. Personne ne l'écoute.

Karmoni racontait à ses familiers l'histoire suivante :
— Chaque soir, je rentrais soûl…
Je l'interromps juste pour faire remarquer que si, à cet instant, quelqu'un s'était avisé de lui signaler qu'il n'avait rien changé à ses habitudes, l'imprudent aurait fait connaissance avec le sublime orgueil du personnage, et de la plus fâcheuse manière : pas un verre de plus ne lui aurait été servi.
— Chaque soir, racontait-il donc, je rentrais soûl et, sans savoir ce que je fabriquais, dès que je me trouvais devant une ancienne horloge murale de Mangana installée dans ma chambre, je prenais des billets de cinq mille francs dans la poche intérieure de ma veste, puis je les lui fourrais dans le coffre en lui disant : "Tiens, monstre. Mange !" Le même manège a dû se reproduire toutes les nuits, et depuis longtemps. Mais le lendemain, rien, l'oubli

complet, tout ça était sorti de ma tête ! Vous pensez bien : je rentrais ivre… si ivre que je n'aurais pas fait la différence entre un chat et un éléphant ! Et voilà qu'un jour ma femme vient m'apprendre que l'horloge est arrêtée. "L'horloge est arrêtée ? lui dis-je. C'est qu'elle est trop vieille ! Elle a besoin de repos !" Mais vous savez comment sont les femmes lorsque par hasard il leur vient une idée. Elles en sont si étonnées que, pour y croire elles-mêmes, il faut que le monde entier en soit informé. J'avais beau faire la sourde oreille, elle n'en démordait pas et m'ennuyait matin et soir avec son horloge. Elle avait décidé que cette mécanique qui se souvenait de nos premiers ancêtres devait être remise en état ! A la fin, je vais voir si je peux y faire quelque chose, rien que pour ne plus entendre la voix de ma femme. Effectivement, le balancier ne bougeait pas. Je donne un coup de pied à l'horloge : elle reste aussi inerte. J'ouvre le coffre où se trouvent les poids et tout le reste, pour essayer de savoir ce qui se passe à l'intérieur. Et qu'est-ce que j'aperçois ? Des billets de cinq mille ! Il y en a tellement, et ils sont tellement entassés qu'ils ont tout bloqué. Je crie à ma femme : "Vite ! Apporte des coussins vides ! Nous allons les remplir avec ce papier !" Elle arrive, regarde et manque de se trouver mal. Puis elle se met à chanter : "D'où nous sont tombées toutes ces richesses ?… Toutes ces richesses ? Dieu nous ait en sa sainte garde… Ce sont *ces gens-là** qui sont

* *Ces gens-là* : les esprits.

passés chez nous !" Elle qui n'avait jamais élevé la voix que pour récriminer ! Ma parole, elle battait la campagne ! Me souvenant brusquement de ce que j'avais fait : "Bêta ! lui dis-je. C'est moi en rentrant soûl qui ai jeté ces billets là-dedans ; moi, et personne d'autre !" Elle me toise : "Tu veux me faire croire ça ? Oh, non, impossible ! Ce sont *ces gens-là* !" Et de me lancer des clins d'œil coquins. Je n'en revenais plus. Pas moyen de la convaincre, pas moyen de lui faire admettre que j'étais l'auteur de cette plaisanterie. "Va pour les esprits !" ai-je acquiescé pour avoir la paix. Nous avons rempli plusieurs coussins de billets et l'horloge s'est remise à marcher.

En sortant de là pour aller boire avec son groupe de fidèles dans un autre estaminet, Karmoni empaqueta dans des billets de banque deux poissons frits, des escargots et des olives qu'on leur avait servis en guise d'amuse-gueule.

— Vous, par exemple, leur dit-il un jour, vous souhaitez que cette guerre prenne fin. Mais c'est une chose, moi, qui ne m'arrivera jamais. Vous aussi, vous auriez intérêt à ce qu'elle dure le plus longtemps possible.

On le regarda en silence. Quelqu'un s'informa :

— Pourrais-tu nous en donner la raison ?

— Eh bien ! Tant qu'elle durera, vous aurez la possibilité de boire à mes frais !

Il est certain que la guerre lui rapportait. Tant, même, qu'il ne savait où mettre son argent. Il se lançait dans des combinaisons si compliquées que lui, le premier, ne s'y retrouvait plus et qu'il s'en remettait à ses anges pour l'en sortir. Il était fournisseur de l'Armée française, mais ses camions de légumes transportaient toujours d'une ville à l'autre, entre des cageots de tomates et de courgettes, quelques cageots d'armes qui étaient livrées au Front de libération, au passage. Ces manigances n'étaient sûrement pas ignorées de l'autre côté. Peut-être fournissait-il des renseignements en contrepartie. Toujours est-il que cette fortune, ramassée ainsi à pleines pelletées, s'envolait de même, mais non sans que quelques pincées allassent tomber sur un certain nombre de malheureux de par la ville et leur procurer du pain. Aussi lorsqu'on découvrit, un matin, son corps criblé de balles, la consternation fut-elle générale. Le jour de son enterrement fut un jour de deuil pour tous. Jamais convoi aussi impressionnant par son importance et sa solennité n'a accompagné un juste jusqu'à sa dernière demeure comme il le fut, lui. Les autorités françaises déléguèrent des officiels, et les honneurs militaires furent rendus à sa dépouille. Mais des gens qui étaient dans la confidence assuraient que de grands responsables du Front suivaient également le cercueil. Enfin, pour tout le monde, il était avéré que les deux parties en présence étaient hors de cause, qu'aucune n'avait pu ordonner cette exécution. Restait l'hypothèse d'un geste irréfléchi de jeune fou ! Elle parut la plus plausible. C'était vite arrivé, en ce temps-là.

Il n'y avait qu'Omar Douidi, le fossoyeur, pour soutenir le contraire et continuer à lui en vouloir.

— C'est la justice du peuple ! affirmait-il.

Il faut vous dire que, de son vivant, Karmoni ne consentit pas une seule fois à lui payer à boire.

— Comment ! s'indignait-il. Tu n'attends, toi, que le moment de m'enterrer, et tu veux que, moi, je t'offre un verre ! Tu ne le recevras jamais de cette main ! Je préférerais la voir coupée !

Quand les patriotes embusqués dans les montagnes voyaient surgir de loin un des camions de Karmoni, ils frappaient des mains, sautaient sur place et criaient :

— *Rezak dja !* Rezak est arrivé !

Rezak : celui qui apporte tous les biens !

LA FIN

M. Albert arriva tout agité :

— Ils sont partis, monsieur ! Ils ont tous abandonné la ferme !

Il en oubliait d'esquisser le salut militaire avec
lequel il abordait chaque fois son patron.

Instantanément, Jean Brun comprit : ses ouvriers
étaient allés là-bas aussi, dans les montagnes, rejoin-
dre les *autres*…

— Comment ? Tous !

— Tous ! répondit en écho le commis.

Jean Brun s'en voulut d'avoir posé cette question. Il s'attendait bien à quelque chose de ce
genre depuis un certain temps, il voyait la menace
monter. Il n'aurait cependant pas cru que la
nouvelle le surprendrait à ce point. Persuadé de
faire exception, à la vérité, il pensait que ni lui ni
sa ferme ne seraient touchés par les troubles. Une
profonde entente le liait à ces êtres simples qu'étaient
les journaliers, il s'était pris d'amitié pour eux et
avait l'impression qu'ils le lui rendaient bien.
Non, il ne se trompait pas, il ne pouvait se trom-
per. Et…

Et il ne savait que penser, un vide se creusait dans son cerveau, il restait pétrifié. Une seconde. Et il se ressaisit. "Voyons, se dit-il, c'est une confiance fondée sur des années d'efforts communs. Ce n'est pas possible. Des années ! Il en a toujours été ainsi ! Ce n'est pas possible que du jour au lendemain… A moins que tout… que tout ça n'ait été que mensonges." Non ! Jean Brun fut pris d'envie de rire, tant pareille idée lui sembla incongrue. Mais aussitôt sur son cœur souffla un vent âpre, noir, bien différent de celui qui hululait en sourdine sur les champs et était un vent de printemps. Le colon entrevit subitement le désastre.

Il imposa silence à ses alarmes. "Rien n'est perdu", se dit-il. *"Rien n'est perdu ?"* s'esclaffa au fond de lui une voix qu'il ne reconnut pas ; *"tout est perdu !".* Il songea : "Voilà qu'au premier obstacle je m'énerve et me mets à faire la grimace. Ne nous laissons pas démonter."

Le matin pâle et voilé se levait sur une étrange solitude. Jean Brun examinait la campagne qu'à peine l'hiver commençait à quitter et laissait transie. Si loin que portât la vue, elle était à lui. Rien ne bougeait dans toute cette brume et cette immensité. Sur les hauteurs environnantes, non plus, où l'herbe devenait rêche, où des moignons de roc gris affleuraient, où les ravines étaient torrentueuses. Piqués de minuscules gourbis, ces pignons s'animaient très tôt d'allées et venues de paysans, d'ânes grands comme des figurines, de troupeaux de chèvres. Ils demeuraient morts, comme s'ils avaient été évacués à la hâte. Son regard revint ici, sur ses terres, erra sur l'argent des oliviers, la brune rugosité des labours. Un beau domaine : propre, soigné, uni comme la main. Le vent courait au travers et jouait avec les cheveux de Jean Brun. Ce vide, ce silence inaccoutumés déconcertaient. Le vent lui-même sonnait une mise en garde indéfinissable. "Tout finira par s'arranger, se dit Jean Brun, il s'agit sûrement d'un malentendu." "*Stupide !* repartit l'autre voix. *Un malentendu ? Imbécile ! Tu verras ce qui va se passer !*" Il la fit taire brutalement. Il n'arrivera rien ! Rien de tout ce que tu supposes ! Je sais ce que je dis. Sur un simple mot, oui, un simple mot, ils reviendront à leur travail.

Sans se vanter, il pouvait affirmer qu'il avait su se faire aimer. Lui ne comptait pas lorsqu'il s'agissait du bien de ses ouvriers ainsi que de leurs familles, et il suivait la devise indigène : "Fais le bien, et oublie-le. Il te reviendra…"

Le même rire moqueur retentit par-delà ses pensées. Jean Brun : "Oui, j'ai fait beaucoup de bien ! Je me suis toujours montré compréhensif ! Un malentendu, ce n'est que ça !" Se prolongeant, le rire venimeux lui mordit encore le cœur. "*Ils ont quand même refusé de descendre de leurs repaires rocailleux, ce matin. Tu as été un grand ami pour eux, seulement ils ne sont pas venus ! Tu dis que tu n'as pas honte de tes sentiments, mais prends garde.*"

"Je serais curieux, se disait Jean Brun, très curieux de savoir comment ils vont se débrouiller pour vivre sans le travail que je leur donne. Quelle mouche

les a piqués ? Comment en sont-ils arrivés là ?
Evidemment !" songea-t-il. Une vague de sang
déferla jusqu'à son cerveau, qui lui donna brusquement chaud et lui mit le visage en feu. "Je ne
céderai pas ! Rien ne sera changé ! Changé ?..." Il
s'étonna d'y avoir pensé. L'instant d'après, une
deuxième vague, glacée celle-là, le submergeait,
ouvrait toutes grandes les portes sur une contrée
livrée à la désolation. Au-delà, de l'autre côté, la
voix disait : *"Nous céderons. Nous avons déjà
cédé. C'est trop tard. Trop tard !"* Et l'étendue stérile disparut, remplacée par celle qui lui appartenait, dont les sèves couraient sous ses pieds,
l'entouraient d'un rempart vivant.

Ils reviendront. Ils travailleront. Jean Brun fixait
son regard sur elle : sombre sous la houle écu-
mante des oliviers, elle lui paraissait muette. Il la
savait pourtant douce et prodigue, mais ce visage
fermé, il ne le lui découvrait pas d'aujourd'hui.
Ses yeux interrogeaient avidement cette immobi-
lité, cette profondeur. Evanoui, semblait-il, d'un
coup tout ce qui en elle avait été dominé, appri-
voisé. Ne demeurait que son étrange hostilité. Il
imagina, Dieu sait pourquoi, une femme qu'on tient
dans ses bras et qu'en même temps l'on voit dressée au loin, inaccessible. A la vérité, aucune parole
ne pourrait traduire ce qu'il pensait, car, quoique
complexe, cela était encore plus simple et plus
direct qu'aucune parole familière.

Il s'abandonna au sentiment de sécurité qui,
insidieusement, l'enveloppait. Elle le préserverait

de toute menace, cette terre. Mais la menace, se répondit-il dans un sursaut, vient d'elle ! Elle-même constitue une menace ! Celui qui ne voudra pas venir travailler de bon gré sera ramené à coups de fouet ! Et bien content encore ! Ils marcheront au fouet, jusqu'à leur dernier souffle ! Il se rappela les propos du gros Rémusse. Celui-ci les lui avait tenus plusieurs mois auparavant à la Maison du Colon : "Il faut mettre le paquet ! Tout le paquet ! Et les mater, les anéantir. Il faut jouer le tout pour le tout." Et lui, Jean Brun, ne l'avait pas approuvé, avait plutôt essayé de tempérer son ardeur, de le raisonner. Comme un idiot ! Je crains de m'en être fait un ennemi, à présent. C'est lui qui avait raison, il a vu plus clair que moi.

Le vent aussi parlait d'un ton de confidence, à mots rapides, préparés depuis longtemps : "Après tout, il est bon qu'on leur donne une leçon par moments, pour qu'ils ne se croient pas tout permis." Et la voix de Gabriel Rémusse résonna de nouveau en lui, détachant les mots : "Etre l'ami des fellahs, c'est troubler l'ordre public !" Leur population misérable, il la vit telle une fatalité portée dans ses flancs par cette terre.

— Si vous croyez que ce que nous faisons est répréhensible, disait le Général, l'autre jour, à une réception de colons de la région, il ne nous reste plus qu'à nous en laver les mains, nous abandonnerons la partie et vous défendrez vous-mêmes vos biens et vos personnes. Mais si nous sommes là pour vous protéger, il faut nous aider, et non seulement nous aider, mais encore admettre le châtiment. C'est une loi inéluctable. Et si c'est la loi, alors pardonnez-moi, nous ne sommes pas plus méchants que vous : appliquons-la strictement, sans défaillance et, je le répète, de notre mieux.

Disant cela, cet homme déjà alourdi par l'âge avait un regard doux, pitoyable, empreint d'une sorte de distraction désabusée. Et ce fut encore lui, Jean Brun, qui s'était opposé aux mesures de répression destinées à calmer les paysans. "Ce n'est qu'un feu de paille. N'y touchez pas, et il s'éteindra de lui-même. Mais soufflez dessus, et il ravagera tout le pays. Ce que vous proposez reviendra pratiquement à embraser cette terre." Il était en train de prononcer ces paroles, quand il avait été saisi par sa façon de s'exprimer. Combien il était différent de l'autre, du Général, jusque dans sa façon de s'exprimer ! Il avait parlé comme ses ouvriers, par sentences. Le Général ne sait pas. Il ne sait pas, lui, tout ce qu'on peut faire des indigènes avec de l'amitié ! Il ne comprendra jamais ça. Il n'est pas d'ici. On ne peut pas discuter avec des hommes qui ne connaissent pas ce pays.

Jean Brun pensait cela, à ce moment.

Et il se rappela ce groupe de fellahs qu'il trouva rassemblés, un matin, autour d'un foyer allumé entre trois grosses pierres, et vers lequel ils tendaient tous leurs mains ouvertes. Il y avait long-temps de cela, c'était l'hiver. Il s'arrêta près d'eux :

— Restez en paix !

— *Salam !* dirent-ils.

— C'est tout ce que vous avez pu trouver à faire ? plaisanta-t-il.

Ils ne lui répondirent pas. L'air était glacé où les haleines fumaient. Ces hommes contemplaient, immobiles et soudain ensorcelés, le brasier rougeoyant qui battait ainsi qu'un gros cœur entre les pierres. Le feu jetait par instants sur les visages un éclat que reflétaient les yeux. A cette seconde, une curieuse sensation de dépaysement s'empara de Jean Brun, mais à la même seconde, devant ces silhouettes recroquevillées, fripées, quelque part dans son cœur une petite chose était empoignée, prise à jamais. Sous le brouillard opaque et triste, elle chantait. Jean Brun considéra les champs qui s'enfonçaient loin sous ses yeux dans le frileux matin d'hiver et n'entendit que sa voix. Elle ne s'éteignit pas même quand il cessa de voir ses vignes, ses terres à blé, ses plantations d'orangers ; pourtant, l'incertitude noya brusquement et intolérablement son cœur. Tout cet hiver, fantastiques et effrayants, les paysans avaient erré comme des fantômes surgis des profondeurs de la terre qui, roide, se taisait.

La rude haleine du printemps écorchait les champs qu'elle balayait sans répit et jouait avec les cheveux de Jean Brun. Un début de calvitie le dotait d'un front large, et, sous ce front bien modelé, les yeux d'un bleu déteint, au regard tranquille, trahissaient une expression obstinée. Le colon portait ce même complet gris clair, un peu fatigué, qu'on lui voyait tous les jours. Pas très grand, de taille moyenne, il conservait, la cinquantaine passée, une jeunesse de traits frappante, surtout quand l'air lui avait frotté les pommettes jusqu'au sang, comme ce matin. Sa veste déboutonnée ballait au vent ; une fine chaîne d'argent scintillait en travers de son gilet. Il congédia son commis et se contenta de murmurer :

— Qu'est-ce qu'ils croient donc ?…

Il fut surpris lui-même par le son désagréable de sa voix. Il revint vers la ferme, vaste demeure formée de deux corps de bâtiments disposés en angle et d'une cour protégée par des murs hérissés de tessons. S'imprimant sur le ciel bas, ces murs, avec leur couleur rose et le toit de tuiles rondes, paraissaient doués d'une sorte de rayonnement. Dans la grande cour carrée, l'animation habituelle régnait ; quelques ouvriers passaient et repassaient de la grange à l'étable, des écuries à l'abreuvoir ; des servantes indigènes s'affairaient. Ici, rien qui distinguât ce jour des autres jours. Les regards de Jean Brun se posèrent néanmoins sur ces hommes et ces femmes. Il lui sembla qu'il les voyait pour la première fois, et leur présence lui parut insolite. Pourquoi ceux-là étaient-ils restés ? Seraient-ils différents des autres ? Se pouvait-il qu'ils ne fussent pas tous pareils ? Possible ! Eux faisaient comme s'ils ne s'apercevaient pas de sa présence et continuaient leur besogne. Là-dessus, il se remémora une autre scène dont il avait été, cette fois, le témoin involontaire.

L'instituteur de la bourgade chargeait ses malles sur la carriole qui devait le transporter jusqu'à la gare située à quatre kilomètres. Il avait tenu, croyait-on, des discours subversifs ; les colons des environs avaient réclamé son départ. Lui et son véhicule furent entourés par un groupe de fellahs restés jusque-là en attente aux abords du village. Un peu surpris, l'instituteur abandonna son chargement et, bien qu'il ne comprît pas leur langue, se prépara à les écouter. Avec des airs effarouchés, ils poussèrent vers lui un vieux qui hésita et finit par dire :

— Il faut revenir.

Il répéta plusieurs fois de suite :

— Il faut revenir, en montrant le sol d'un mouvement de la main. Il faut revenir. Ce n'est pas nous qui te chassons. N'oublie pas, quand tu seras là-bas, dans ton pays, que nous attendons ton retour.

Le petit vieux levait le visage vers le maître d'école et celui-ci disait oui en hochant la tête. Il comprenait ! Les lèvres serrées, il concentrait son regard sur cette figure recuite, couturée de rides, à la barbe en cœur de chardon.

— N'oublie pas que ceux-là sont tes frères !

Le fellah se tourna vers les autres qui écoutaient, confiants, sans souffler mot.

— Nous, nous savons que tu es un frère pour nous et que tu reviendras quand nos ennemis auront baissé la tête… Alors, nous attendons ton retour.

Les yeux du vieillard répandaient une lumière claire. Il déclara encore :

— Celui qui instruit ses semblables répand la bénédiction de Dieu.

Il se rapprocha, prit la main du maître d'école, la porta vivement à ses lèvres.

Le silence plana sur le groupe. Les autres paysans s'écartèrent et laissèrent les deux hommes ensemble.

Ne s'attardant guère dans la cour, Jean Brun rentra et pensa qu'il ferait bien de vérifier les armes qu'il avait à la ferme.

LE VOYAGEUR

La lumière vous tombe dessus, vous fend. La rue oscille. On ne pourra pas supporter cette pluie de feu ni la boule d'échos, de hurlements, de voix éclatantes et basses à la fois, qu'emporte et roule la ville. On se répète : on ne pourra pas, on ne pourra pas... Et puis ça passe, ça ne laisse qu'une pulsation obstinée dans l'air. Etagement des rues. Maisons perchées haut, badigeonnées de jaune, de bleu, de vert, de mauve ; elles dégagent une impression d'horreur sardonique. Pourquoi a-t-on constamment l'illusion qu'ici le matin dure toute la journée ? A cause de cette lumière aiguë et embuée en même temps ? Des yeux follement noirs flottant sous un voile viennent à votre rencontre, vous suivent, vous croisent. Un tramway amorce un tournant. Il grince longuement sur ses rails. Les Européennes, elles, s'avancent vers vous, le visage offert. Une sensualité de fleur brûle sous leurs traits ensommeillés. On prévoit les images violentes et rapides qui se dérouleront sous votre crâne à leur approche. L'étreinte. Le dénouement. Puis rien.

Mais elles ? Qu'ont-elles dans la tête ? Impossible de le savoir.

Tout est impossible ici.

La ruse des autos lorsqu'on traverse une rue.

Arcades, carrefours, devantures. Des Européens en complets-veston, des Algériens au visage raviné. Se côtoient sans se voir. Les uns ou les autres sont de trop ici. Une artère transversale s'ouvre sur la mer, et le port en bas plane dans une clarté d'opale. Noirs et blancs, abandonnés côte à côte, des bateaux sont pris dans le gris laiteux des plans d'eau encombrés d'autres choses inertes. Au-dessus, les grues tordent leurs bras grêles pendant que des voix de sirènes pleurent. On est soi-même de trop.

On pénètre dans une rue étroite. Couloir interminable qu'une autre vient enfin couper. A l'angle, on entre chez Louis, le bistrot.

Il enlève un torchon qui séchait sur le percolateur, Louis, se retourne :

— Et alors ?

On s'approche du zinc.

— Quoi ?

— Ça va ?

Il n'y a personne d'autre, pas de clients. Le comptoir en demi-cercle offre ses tabourets à talons hauts. On en enfourche un.

— Si on veut.

— Ça ne va pas ?

— Si on veut.

— Alors, ça va ou ça ne va pas ?

Louis rigole. Sa grosse figure de Maltais se perd dans les bajoues, le menton, le cou. Il doit se tenir sur une estrade, il n'est sûrement pas aussi grand qu'il le paraît. Derrière lui, un mince filet de vapeur susurre. Le nickel du percolateur scintille. Plongé dans la pénombre, ce bar vide, frais lavé et balayé : un vrai sanctuaire.

On salue cette impression, ainsi que l'idée d'un Louis célébrant l'office, d'un sourire.

— On ne bouge plus, c'est fini ?

— Attends, mon ami, on te le dira, quand il faudra entrer en danse.

— Attends, on te dira !… Attends, on te dira !…

— Patience, dit Louis.

— On ne fait que ça, merde.

— Patience.

— Va falloir attendre combien de temps, comme ça ?

Louis relève les sourcils. Larges poches de cuir rasées de près, les joues lui remontent maintenant jusqu'au crâne.

— On te dira.

On ne se comprend pas. On ne se comprendra jamais.

— Qu'est-ce que…

— Tu les palpes ? dit-il.

— Evidemment. Faut bien.

— Alors, attends.

— Faut pas faire chier le monde.

— Tu les palpes, hein ?

— Bien sûr que je les palpe ! T'irais te faire casser la gueule pour des prunes, toi ?

Louis fait la grimace. On ne se comprendra jamais,

— Ts… ts…

Ce qu'il faut comprendre dans toutes ces histoires, au fond, c'est bien simple…

— On ne se fait pas casser la gueule quand on casse du raton, dit Louis. T'as tout le monde derrière toi. Même le bon Dieu ! Et t'as un paquet, après.

— Je ne dis pas.

— Ben, alors !

— Pour ce qui est de faire chier le monde.

De ses petits yeux chauves, Louis fixe la rue sans curiosité, le buste appuyé sur le zinc. Un gilet noir par-dessus la chemise blanche corsète sa poitrine mamelue.

— … C'est notre affaire, pas la tienne. Qu'est-ce que tu prends ? C'est ma tournée.

— Un blanc.

Il se pousse en arrière, se baisse, soulève un litre. Plus haut, de la main gauche, il saisit entre ses gros doigts poilus les pieds de deux verres ballon qu'il retourne sur le comptoir.

— Alors, tu te fais chier chez nous ?

— Ici ou ailleurs, pour moi, c'est du pareil au même. Les pays, ils sont tous pareils. C'est partout pareil.

— T'es drôle.

— Je ne vois pas en quoi.

— Tu vois pas en quoi t'es drôle ?

Louis détache ses regards de la rue. Il vous dévisage en cillant.

— Moi non plus. Mais t'es drôle.

On lève le verre. Le vin blanc dedans a une lividité profonde, froide, de pierre précieuse. On y plonge ses regards, et la lumière se fige sur une vie de reflets. Le tronçon de rue vu de la porte du bistrot y tremble, réduit à l'échelle d'une mouche, de mouches noires qui y entrent et en sortent, dansant. D'un trait, on avale tout ça, lumière, rue, reflets, passants, pierre précieuse, qui vous fait chaud au gosier.

— T'es drôle, dit Louis.

Cause toujours. Louis se remet à lorgner la rue, l'avant-bras et le côté droit du corps calés au comptoir. Il ne pense à rien, c'est sûr. Il passe machinalement le torchon humide devant lui sans voir où.

— Et si un type te donnait du fric pour me descendre, moi, tu me descendrais ? dit-il.

— Pardi.

— T'es drôle.

— Je vois pas ce que j'ai de drôle.

Louis considère la rue avec des yeux vides de toute expression. Des femmes, des ménagères, passent, portant des provisions dans des filets ou sur les bras. Les gens qui ont grimpé l'escalier par quoi commence la rue, à gauche, arrivent d'un pas raide. Il n'y a pas beaucoup de clients à cette heure.

De l'arrière-salle, un type avec un tablier sur les jambes risque une tête de fouine ; puis tout le corps arrive. Une barbe de deux jours. Algérien, ça ne fait pas de doute. Au bruit qu'il fait, Louis tourne la tête sans bouger.

— Alors, Saïd, la loubia ?

— Ça y est, monsieur Louis.

On regarde le bougnoule qui reste là sans rien dire, comme pour prendre l'air. Et, toujours sans rien dire, il rentre dans sa coquille.

— Tu veux une loubia ? dit Louis.

— Qu'est-ce que c'est que ce machin ?

— Tu sais pas, la loubia ?

— Je ne sais pas, non.

— Il sait pas ! Un bouillon de fayots avec du piment de Cayenne, du cumin…

— Très peu pour moi.

— Alors, tu savais pas ce que c'est ?

— Non. Du manger étranger, je ferai pas des folies pour.

— T'es drôle.

Dans un costume gris, entre, droit, un vieux qui renifle sans arrêt. Il commande un double Ricard. Il l'additionne de trois gouttes d'eau, règle, lampe son pot et s'en va à pas prudents.

— Et lui, t'as pas peur qu'il te descende un de ces quatre matins ?

— Qui ? De qui tu veux parler ?

— L'indigène.

— Saïd ? T'es pas fou ? Il est comme mon fils. Pareil.

Louis secoue la tête avec pitié.

— Et les autres ?

— Les autres ?

— Les autres indigènes.

— C'est pas pareil. T'es drôle.

— Y a des choses que je comprends pas.

— Y a des choses que tu comprends pas ?

— Non, y a des choses que je comprends pas.

— T'es drôle : t'es pas d'ici !

— Non, y a des choses que je pige pas.

— T'es pas d'ici. Alors, te casse pas la tête.

— Non, y a des choses que je pige pas.

— Nous, on sait de quoi il retourne. Ça suffit comme ça.

— Je comprends pas.

— T'as pas besoin de te casser la tête. Toi, fais le boulot qu'on te demande, et *barca*.

— Et quoi ?

— J'ai dit : *barca*.

On se plante devant la porte vitrée, verrouillée pour l'instant, qui prend jour sur l'angle. Par-dessus les carreaux, qui sont enduits de blanc, des œillets, des roses, du mimosa et des glaïeuls mêlés pointent. C'est de l'autre côté de la rue, un étalage de fleuriste en forme de vaisselier, mais cette rue est si étroite… Un Algérien en blouse arrange la marchandise dans de longues boîtes de conserve. A droite commence l'escalier qui descend vers le port.

A gauche ? Une blanchisserie-teinturerie installée dans un sous-sol et éclairée au néon en plein jour, puis une entrée de maison, une boucherie, une épicerie à deux portes, un restaurant, une boucherie encore. Après, on ne distingue plus grand-chose. Un mur continu, tout en perspective. Les gens circulent sur la chaussée qui n'a pas trois mètres de large.

On revient près du zinc.

— Encore un blanc.

— Alors, comme ça, tu vadrouilles d'un pays à l'autre…

Louis sert le blanc.

— Faut bien.

— Et tu vas où qu'on te demande ?

— Dame.

— C'est drôle.

— Qu'est-ce qu'est drôle ?

— C'est drôle. T'en as vu, des pays !

— C est pas drôle.

— Tu t'es baladé, non ?

— Oui.

— Alors, c'est pas drôle ?

— Non, c'est pas drôle.

— Tu te balades, et c'est pas drôle ?

— C'est pas drôle.

— Tiens, j'aurais cru.

— On croit toujours.

— T'en as vu combien, des pays ?

— Des tas, je sais plus.

— T'auras des choses à raconter à tes mômes sur tes vieux jours.

— Mes mômes, je leur gagne leur bifteck.

— C'est pour ça que tu descends des types ?

— Faut bien.

— Ça te balade aussi.

— Je vais où s'qu'on a besoin de moi.

— Ça te balade.

— Je me fais chier surtout. J'aime pas les voyages.

— C'est pour le bifteck.

— Dame.

— Y a beaucoup de boulot dans la branche ?

— Tu parles si y en a.

— Et tu vas où qu'on te demande ?

— Faut bien.

— Et y a, comme ça, beaucoup de boulot ?

— On s'arrêterait pas.

— Tant que ça ?

— Pardi.

— T'en as descendu beaucoup ?

— Pas mal.

— Tu dois ramasser un gros paquet pour chaque coup.

— Ça dépend. On gagne sa croûte.

— Et ça te balade.

— Je m'emmerde en voyage, c'est tout l'effet que ça me fait.

Louis ne demande plus rien. Il se retourne, dirige sa calvitie de côté, prend le torchon qui recouvre le percolateur. Il empoigne un verre, commence à le frotter. Un moment, et le verre se met à grincer. Il le dépose derrière lui, sans voir, dans une rangée étincelante. Il en prend un autre. Il le tourne dans le torchon. Le verre se met bientôt à grincer. Il le place avec les autres. Le torchon bouchonné dans le poing, il regarde la rue.

— Alors, y a rien ?

— Pour le moment, rien, dit Louis qui reprend un verre et le tourne dans le torchon. T'as qu'à attendre.

— C'est tout ce qu'on fait !

Louis pose le verre avec les autres. Après ça, avec un torchon humide, il éponge les ronds laissés par les pieds des ballons de blanc. Sur le bois strié du comptoir, le torchon trace de larges traînées noires qui se changent en zébrures, puis s'effacent. Il fait le tour par habitude, passe le torchon là même où c'est déjà propre. Le percolateur siffle de plus en plus fort. Louis range le torchon entre les étiquettes coloriées des bouteilles d'apéritif. Il reprend le torchon blanc et se remet à essuyer des verres. Au deuxième verre essuyé, il s'accoude au comptoir, regarde la rue. Le percolateur siffle à tue-tête.

— Alors, s'il n'y a rien, *bye-bye*.

— *Ciao !*

Louis reste appuyé au zinc qui soutient la masse de ses pectoraux, de ses épaules, enveloppés dans la chemise blanche et le gilet noir. Un homme-tronc. Il ne dit rien, il tapote de sa bague sur le bord du comptoir.

On sort.

Des rues, des magasins, puis encore des rues et des magasins. Et on voit le port. Le ciel est plus clair par-dessus. Un tramway arrive, dodelinant, sortant d'un autre âge ; il ralentit de loin avant de stopper. Le boulevard grouille, grogne, éjacule des hoquets dans une lumière cassante, faite d'écailles. Il y a tout un monde dans les rues. A se demander quand ces gens-là travaillent… Il n'y a que ça d'intéressant dans une ville : la foule. On peut s'y perdre.

Le port tape, en bas, comme un moteur qui aurait coulé ses bielles. Par moments, on dirait que la lumière claque. On a l'air d'être toujours en vacances dans cette foutue ville.

Sur le trottoir d'en face, sans arrêt, un ascenseur descend des gens à la gare.

LE TALISMAN

Je suis revenu chez moi. Ce n'est pas un rêve, j'ai retrouvé mes montagnes. Tournant le dos au bas-pays, la *dechra* se découvre soudain, tapie dans une crevasse, après un méandre du chemin. Il faut quitter la route et s'en remettre au sentier de chèvres qui grimpe du fond de la vallée. Au bout, on est accueilli par cette espèce d'anse. Aussitôt on s'y sent plus isolé qu'en haute mer. Les habitations : quelques cabanes de glaise et, creusées à même la roche, des grottes qu'aveugle un mur, ce sont celles-là mêmes qui m'ont vu naître, et courir, enfant. Tout est à la fois vide, abandonné, et hanté par de muettes ombres. Huit à dix feux : il n'y en avait pas plus ici – et il n'en pouvait y tenir plus. Comme s'ils en assuraient la protection, le silence et une vague hostilité interdisent d'avancer trop loin parmi ces murs lézardés, ces toits éventrés, sur lesquels des touffes d'herbe ont poussé. Çà et là, semés sur le sol, traînent des pots, des débris de plats en argile, des kanouns avec leurs vieilles cendres, quelques bêches, houes... Immobiles, à l'entour, de hiératiques aloès brandissent contre le ciel leurs faisceaux de sabres. Sur les escarpements où, cuites par le soleil, des plantes sauvages se hérissent, le vent court et grommelle. C'est une antienne incompréhensible mais sereine qu'il emporte, il semble s'entretenir avec les âmes qui rôdent, insatisfaites, sur ces terres. Déroutées, ces âmes elles-mêmes remontent sûrement de l'autre paysage entrouvert par-delà celui-ci, de cette autre contrée gardée par un sommeil d'arbres noirs et de gel.

Mes voisins reviendront-ils aussi ? Peut-être. Qui sait ? Les champs qu'ils avaient disputés lambeau par lambeau à la rocaille et au palmier nain les attendent épars, entre les convulsions de la montagne. Et les attend, maintenant, un paysage de plus.

Le chemin qui m'a ramené a emprunté de si curieux détours que, le voudrait-elle, toute ma mémoire diurne et nocturne serait incapable d'en reconstituer le parcours. C'est sans doute pourquoi ces ruines, ce mutisme des choses, cette solitude, à présent, ne m'affectent pas. Le périple sera-t-il aussi long pour les autres ? A tout le moins. Dans ce cas, le gardien de ces lieux, ce sera moi. Je n'ai plus besoin, pour m'abriter, d'une maison, pour me réchauffer, d'un âtre, pour subsister, des fruits de la terre. J'habite l'air et la lumière qui brilleront éternellement. Le soleil pourra décliner chaque soir et se lever le lendemain et se recoucher ensuite : vigie sans défaillance, je passerai tout ce temps les yeux ouverts. Ils se rappelleront leurs demeures, leurs champs, ils reviendront ; et moi, je n'aurai pas monté la garde en vain.

De nos montagnes, je n'avais jamais franchi les limites auparavant, je n'en avais pas même foulé les croupes encloses dans le cercle du regard. Vint la guerre. Nous vîmes ces montagnes elles-mêmes marcher. Sur tant d'années de combats, notre part fut de quinze jours ; quinze jours de fer et de feu. Hommes et bêtes furent anéantis, dispersés, et les maisons détruites. Paix aux morts et aux survivants !

Avec des voisins, je descendais nuit après nuit sous le village pour enlever des corps de paysans. Nous préférions risquer nos vies plutôt que d'abandonner les nôtres en pâture aux corbeaux. Invisibles mais présents, nos combattants tenaient bon quoi qu'il arrivât. Nous savions qu'ils continueraient à lutter après même que nous aurions disparu. Une fois, nous ramassâmes mon fils Tayeb parmi les suppliciés… Les attend, épars entre les convulsions de la montagne, les attend maintenant un paysage de plus.

… Ç'avait commencé par un fracas de portes défoncées. Mitraillettes au poing, les soldats précipitaient les gens hors de chez eux. On n'y voyait guère ; l'aube tendait juste un fil blanc à l'horizon. Mon beau-frère Homada qui hésitait à sortir fut criblé de balles, sur place. Mais la confusion ne dura pas longtemps. Vieux, jeunes, femmes, enfants qu'il fallait prendre dans les bras, nous nous trouvâmes

rassemblés en un tournemain au centre de la *dechra*.
Et dans le petit jour gris, nous vîmes répandre nos
provisions d'huile et de figues, mettre en pièces
nos couvertures, tirer sur nos bêtes. Criant de terreur, les ânes, les poules, les chiens, qui avaient pu
s'enfuir, s'égaillaient sur les pentes ; les autres
barbotaient dans leur sang.

Les armes sur nous pointées, ordre fut donné
ensuite de marcher. Nous nous mîmes en route,
quelques-uns avec rien qu'une chemise sur le dos,
et tous pieds nus. Notre convoi n'était pas parvenu
au fond de la vallée que des explosions ébranlaient la montagne. Je pensai à ma maison.

Le soleil picotait déjà lorsque nous eûmes
atteint le village.

On nous conduisit à une bâtisse de pierre et, là,
entassa dans une salle profonde. Avec son sol
pavé de dalles, ses murs au crépi squameux, celle-ci
ressemblait à un vieux hammam – un hammam
sans vapeur, sans ruissellement d'eaux bouillantes,
mais retenant la même pénombre. La porte s'étran-
glait dans l'épaisseur des parois. Des soupiraux
circulaires, seules ouvertures à laisser filtrer le jour
sur nous, écarquillaient à travers la voûte leurs
yeux blancs.

Nous n'y avions passé que peu d'instants, quand
je commençai à avoir d'étranges sensations.
Etions-nous enfermés là depuis des semaines ?
Qu'étaient-ce que ces murs qui se rapprochaient
insensiblement ? Quelque chose dans la demi-
obscurité épiait. Il fallait l'observer... Chaque

battement de mon sang déclenchait un lointain, un interminable coup de gong résonnant d'un monde à un autre. Malgré moi, je prenais l'attitude de la mort, me voyais tel qu'à l'heure où la terre accueillerait ma dépouille. Et j'oubliais ce qu'il y avait à observer.

Aucune voix ne s'élevait. Je me forçai à hausser mes regards vers les autres. Soit fatigue, soit appréhension, pas un d'entre eux ne bougeait.

Cette prison, je le compris alors, serait la dernière image que nous emporterions du monde. Les hommes qui étaient venus, la veille, des montagnes environnantes livrer un assaut meurtrier au poste resurgirent devant mes yeux. Nous leur avions prêté main-forte, nous avions couvert leur retraite… Je ne regrette rien, je ne regrette pas de l'avoir fait.

… Bien des heures après – j'ignore combien – la porte pivota doucement et il me parut invraisemblable que la journée fût la même qui nous avait vus arriver à cet endroit et qui laissait cette porte s'entrebâiller : derrière elle, un abîme de temps s'était creusé.

Entra une garde armée, puis *lui* : l'officier aux yeux glauques dont nous avions souvent entendu parler. Une matraque à la main, quatre hommes fortement hâlés l'escortaient. Comme lui, ils portaient pour tout vêtement une culotte courte. Ils s'avancèrent vers nous et se figèrent dans l'attente de ses ordres tandis que la garde s'alignait de part et d'autre de la porte. Lui, sans dire un mot, sans faire un geste, il nous observa puis échangea un regard avec ses auxiliaires.

Ils bondirent sur nous.

Des créatures humaines se seraient-elles déchaînées de la sorte ? Non, assurément ! Cette troupe de démons s'abattit sur tout le monde, frappa dans tous les sens. Des cris, des prières, des appels au secours remplirent la salle, les enfants bramèrent.

De la porte, la garde nous mit en joue.

Un silence éperdu, traversé de quelques faibles plaintes, étreignit notre prison.

Une voix unie d'idole de pierre prononça alors :

— Vous avez cinq minutes pour parler. Révélez les noms, révélez les dépôts d'armes, révélez les refuges, révélez tout. Cinq minutes. Celui qui parlera sera évacué avec sa famille.

C'était *lui* qui s'était exprimé dans notre langue. Je l'examinai : un grand nez droit, des arcades sourcilières retombant de chaque côté du visage, surmontées d'un front plat. Mais son corps, comme celui d'une femme, s'enveloppait de douceur : aux endroits où l'on porte des poils, il exhibait un duvet blond frisottant, imperceptible.

Aucune réponse ne vint de personne. Il sortit, accompagné de ses acolytes.

Par la porte restée ouverte, nous aperçûmes la cour comme au bout d'un tunnel ; tous les yeux se fixèrent sur cette cuvée de feu. Il reparut, suivi des mêmes hommes : les cinq minutes s'étaient écoulées.

Il nous considéra sans paraître nous voir, cette fois. Des souffles oppressés soulevaient les poitrines. A travers la gorge du vieux Slimane, qui en oubliait d'expulser son graillement, un râle montait et descendait. Il faisait déjà chaud. L'air se mit à brûler, à fourmiller de brandons attisés. Ramdane, un gars de quatorze ans assis au premier rang, reposait sa tête sur ses bras croisés autour des genoux. Il somnolait ou même, harassé, dormait. L'officier fut sur lui en deux pas et l'empoigna par l'épaule. Les yeux de l'enfant s'ouvrirent et vacillèrent. Ils s'armèrent pourtant d'un sourire. Ce fut seulement quand il se vit traîné au milieu de la salle et entouré par ces gens qu'il perdit toute contenance. Il ne se débattit pas cependant, il lança plutôt des regards de notre côté, s'efforçant de surmonter sa terreur.

Sur-le-champ, un poignard lui fendit chemise et pantalon. Ramdane troublé par sa nudité n'osa plus se tourner vers nous. Il envoya des ruades d'animal inapprivoisé pour reprendre sa liberté. Les quatre hommes n'eurent aucune peine à le ceinturer. Ce fut si vite fait que je ne le notai qu'un moment après : lorsqu'ils l'eurent jeté sur deux traverses de bois, les pieds et les poings liés.

Les quatre ensemble se penchèrent sur lui et ensemble plantèrent leurs couteaux dans son corps. L'enfant hurla. Puis –

Ruisselant d'ondées de sang, il hurla jusqu'à la seconde où ses yeux fulgurèrent d'horreur et basculèrent dans les ténèbres.

Les bourreaux se redressèrent. Ahuris, les bras pendants, ils surveillaient le corps juvénile. Une lumière tombant de la voûte atteignit le visage de Ramdane qu'elle baigna. Il souriait d'une joie qui n'a pas de nom sur terre ! Je levai des regards craintifs vers les soupiraux circulaires : les barrières de l'insondable luisaient au-delà.

Le chemin qui m'a ramené a emprunté de si curieux détours que, le voudrait-elle, toute ma mémoire diurne et nocturne serait incapable d'en reconstituer le parcours. Les pierres, l'eau, l'air, les arbres couvrent mon visage d'invisibles mains, peut-être d'une tristesse de brume. Mais quelque chose de plus m'entoure, et je cherche quoi dans le brouillard lumineux de ce matin…

A deux, les bourreaux soulevèrent le corps de Ramdane et le transportèrent dans la cour ; entre les bois, le sol était tout éclaboussé de sang.

D'autres gardes à face glabre, le torse nu aussi, pénétrèrent dans la salle. L'un d'eux, passant près de la femme Zahra, lui arracha, avec un morceau d'étoffe, la fibule qui retenait sa tunique. Quelques-uns la clouèrent des yeux. Mais l'officier qui, lui aussi, avait disparu entre-temps revint. Il désigna à ses aides sans hésiter, ni prendre la peine de le regarder, mon voisin Saïd, homme d'une quarantaine d'années. Maîtrisé, après une brève et sauvage lutte, le fellah fut exposé comme Ramdane.

Ses clameurs ne tardèrent pas à monter. De plus en plus haut. Puis elles se muèrent en courtes plaintes comme en aurait émis un nourrisson. Cela dura l'éternité. Nous l'accompagnâmes de nos pleurs. Le sang lui coulait des commissures des lèvres, du cou, des poignets, des jambes. Les gardes firent encore mine de nous arroser de balles pour rétablir le silence. Je retins mes larmes ; d'autres s'obstinèrent quand même à gémir tout bas. La lumière qui avait tout à l'heure frôlé Ramdane s'accrochait maintenant à la nudité des tortionnaires. Elle habillait leurs corps pris de frénésie et cernés par le cercle d'ombre confuse où nous restions, nous, plongés. Je préférai fermer les yeux pour n'avoir pas à me demander ce qui les avait suscités là.

Saïd hoqueta. Je priai pour l'aider à rendre son âme pitoyable à Celui qui la lui avait prêtée. Il n'exhalait qu'un faible grognement, ses lèvres frémissaient, quand il parut retenir un cri plus farouche que les autres. Et le grognement cessa.

Je rouvris les yeux. La même voix sans timbre répéta :

— Vous avez encore cinq minutes pour parler.

Les femmes se mirent à se lamenter ; deux jeunes filles avaient perdu connaissance, près de moi. Un soldat amena une brouette sur laquelle la dépouille de Saïd, amas de chairs dénudées et sanglantes, fut chargée et portée dehors. Entre les pièces de bois, d'épaisses flaques vermeilles s'étalaient.

Je jetai un regard à mes compagnons, à l'officier, qui nous avait tourné le dos, aux gardes, aux murs de notre prison. Tout d'un coup, je sus ce que je cherchais. Par moments, il arrive à l'homme d'être présomptueux au point de s'estimer en droit d'ouvrir des portes secrètes. Et il n'a pas assez de ses forces réunies pour endiguer l'horreur qui en déferle ensuite. La mort serait compatissante alors qui viendrait lui fermer les yeux, elle lui apporterait la paix et le libérerait, si, dans ses chambres profondes, elle-même n'était qu'un simulacre. Si elle ne le livrait à la moquerie sans fin des apparences ! C'est, m'apparut-il, ce qui arrivait là.

L'officier allait et venait, martelant les dalles de ses talons. De temps à autre, il levait le bras à hauteur de sa tête et le laissait retomber. Epuisés, les gémissements, les larmes avaient tari sur les joues. Depuis longtemps, les gardes campés devant la porte, jambes écartées, s'étaient changés en statues de terre. Renonçant à leurs pleurnicheries, les tout-petits eux-mêmes n'avaient d'yeux que pour cet homme. L'un d'eux renifla dans un coin ; une vieille le morigéna d'une voix rapide. L'enfant se figea dans une attitude impassible, la figure desséchée.

L'officier pesa de tout son regard vide et lointain sur nous, attendit.

Cette fois, ce fut Yahia que les bourreaux traînèrent au supplice. Il faisait partie de la multitude des volontaires anonymes qui soutenaient en tous lieux l'action des combattants. Pendant qu'on le tirait, un petit rouquin hurlant s'agrippa à lui. Un tel coup fut assené au garçon qu'il alla rouler à plusieurs pas et qu'il ne bougea plus. La femme Sadika rampa vers lui, elle le prit dans ses bras, le pressa contre son sein.

Les supplications de Yahia ne lui servirent à rien. Suffocante, l'odeur accrue de sang humain étouffa la salle.

Au bout d'un quart d'heure, le corps tout déchiré, Yahia ne geignait que par saccades. Son sacrifice se prolongeant, il ahana plus profondément, son âme se frayait un chemin à travers des soupirs rauques.

Enfin, comme il advient aux rêveurs pour se délivrer des monstres, il formula un mot et sa tête retomba sur le côté. L'officier se pencha vivement sur lui, repoussa les exécuteurs du bras. Yahia demeura inerte, les yeux déjà fixés sur le lieu de destination. Transpirant à grosses gouttes, les bourreaux s'essuyaient le front, le visage, du revers de la main : ils surveillaient avec curiosité le dialogue du mort et du vivant.

Dans une inspiration subite, l'officier sortit. Il fut aussitôt de retour, précédant une solide femme que deux soldats tenaient par les bras. Oldja, l'épouse du chef de *katiba* ! Elle avait été arrêtée quelques jours plus tôt ; sa robe lacérée du cou jusqu'aux jambes découvrait son ventre.

Elle fut précipitée à terre près de Yahia.

A cet instant, la porte s'ouvrit sous une violente poussée, et un autre officier entra, qui blêmit lorsque ses regards découvrirent les deux corps gisant côte à côte. D'une voix atone, il ordonna aux bourreaux de s'écarter. Ceux-ci hésitèrent, puis, d'un air ennuyé, reculèrent. Alors, entre les deux chefs eut lieu, en silence, une âpre confrontation. Le nouveau venu, frémissant et ne pouvant soutenir, semblait-il, la vue du sacrificateur, se retourna soudain d'une pièce. Les mâchoires serrées, il montra la femme aux soldats. Il les somma de la relever. Oldja fut conduite, devant lui, hors de la salle.

Dès que la porte se fut refermée sur eux, un exécuteur s'approcha de la dépouille de Yahia dont, d'un coup de poignard, il trancha la gorge en oblique du maxillaire à la poitrine. Un jet de sang gicla, agrandit les flaques qui poissaient le sol. L'homme fit un bond en arrière.

Ce fut moi qu'il désigna ensuite. Mon oncle, mutilé de la Grande Guerre, s'avança, joignit ses deux mains, montra sa jambe amputée. Ses implorations se heurtèrent à une face de pierre. Pendant qu'on me traînait au supplice, Amran, un homme de foi, se mit à réciter tout haut la prière des morts. Une balle siffla au-dessus de lui et alla claquer contre un mur. Il fut saisi d'un tremblement. Il se tut ; je ne le revis plus.

Dès lors – que s'était-il passé ? – un sommeil plein de panique où ma conscience fondit s'empara de moi et me submergea. Je vécus tout, j'enregistrai le plus infime détail. Mais sans cesser d'être ailleurs, de penser à autre chose. Comment expliquer cela ?

Soutenu par le désir de repousser la douleur ardente – un incendie qui me dévorait, m'attaquait au noyau le plus sensible de l'être – sans doute essayais-je de supprimer le temps, origine des souffrances. J'interrogeais, sur le voile rouge de mes paupières, des signes, des paraphes, des marques qui flambaient, tremblaient, dansaient. Dessiné à traits de feu, chaque symbole apparaissait, d'abord inachevé, avec des vides de place en place, puis se précisait. Des formes annelées ne tardèrent pas ainsi à s'articuler en une ligne enroulée sur elle-même à l'intérieur d'un carré aux côtés invisibles.

La spirale se grava dans ma vue profonde, ne s'effaça plus. Je m'occupai avidement à la déchiffrer. J'y mis toutes mes forces. Il fallait en démonter l'enroulement pour commencer. Après quelques efforts, je réussis à épeler des lettres ; quant aux autres – mes difficultés allèrent en croissant à partir de cet instant –, soit parce que mon attention les avait mises momentanément en lisière, soit parce qu'elles étaient à tous points de vue incompréhensibles, elles demeurèrent rebelles à la lecture. Qui sait si ce n'étaient là guère plus que des graphismes de hasard comme la nature en prodigue tant ?

Je gaspillai des trésors de patience pour tenter de les recouvrir d'un visage reconnaissable. J'en isolai une d'abord, comme je l'avais fait pour les premières. Puis deux. Mais quand j'eus l'impression d'y parvenir, et si peu que mon esprit se fût fixé sur elles, les autres se troublèrent, se diluèrent ! Je perdis jusqu'au souvenir de leur forme !

Abandonnant alors la lecture lettre par lettre, j'étudiai l'allure générale, l'association des vocables et la structure, que je me repassai plusieurs fois devant les yeux, du hiéroglyphe entier. Je m'aperçus à cette seconde que, par une sorte de malignité, les mots distincts, les mots que je croyais avoir identifiés, se renversaient ou se recomposaient d'une façon différente, et – invariablement – à la fin, qu'ils se fondaient en un seul, constitué de tous les autres ! Où en existait-il de cette longueur ? A cause de sa disposition tournante, celui-ci semblait sans fin. Bien que je ne sois pas instruit de tous les mots, tant s'en faut, j'eus la prompte conviction qu'il dérivait d'une langue située au-delà de toutes les langues et qui les rendrait, si elle était connue, toutes inutiles ! Dès lors…

Dès lors, j'eus le sentiment de cingler vers une terre hospitalière, de m'approcher, non sans doute d'un sens, qui persévérerait à rester aussi insaisissable qu'au commencement, mais d'un souvenir, *un souvenir sans prix*, lequel, tout singulier qu'il promît d'être, allait m'éclairer sur l'énigme. Je m'aventurai aussi loin que possible sur cette route vierge, éclairée par une aurore de feu. Ce ne fut pas sans peine ; plus d'une fois, je déclarai au ciel ma haine et mon dégoût, reniai mon entreprise. Mais mes yeux continuaient d'avancer dans la mystérieuse voie.

Et j'entrevis ce souvenir.

En des temps très reculés, j'avais adopté un jeu. Il consistait, avec des mots inconnus, à graver certaines formules sur des objets que je choisissais avec soin : galets, feuilles, morceaux de bois, os. Cela fait, je les dispersais et je formais le vœu que chacun devînt un talisman pour qui le découvrirait et le garderait. Un jour, par une attention particulière et dans le dessein de surpasser tout ce que j'avais déjà réalisé, je composai la plus puissante sentence qui se pût concevoir et, comme les autres, la confiai au sort.

C'était elle qui flottait devant mes yeux. Remontée du séjour caché où son voyage inimaginable l'avait conduite sans qu'il l'eût tant soit peu altérée ! Et c'était moi qui la recevais !

Mes yeux du dedans se refermèrent sur cette vision et je réfléchis au sens de mon aventure.

L'interprétation de l'écriture n'était plus indispensable. Ce point, acquis, me procura la paix. Puis un vertige de certitude me prit : je partageais la bénédiction et la joie des êtres protégés ! Un destin favorable avait veillé ! Jadis, je composais mes talismans sans jamais penser à moi. Et voici que je m'étais adressé par-delà toute mémoire le plus souverain d'entre eux ! La seule difficulté qui restait à réduire – et ce serait la délivrance – était de savoir à quoi je devais ma chance. Je concentrai de nouveau mon esprit là-dessus. Dans la trame d'une vie, toute circonstance en implique une chaîne infinie et l'énonce globalement, et instantanément. Un homme est, de même, forme et expression, graphie tracée sur la matière illimitée, vocable indifférencié de ce qui est. Je suis donc fait à l'image des inscriptions qu'enfant je projetais sur mes palets d'os, de pierre, de bois, de fer, probablement même à l'image d'un seul de leurs mots, d'une seule de leurs lettres. Je suis calligraphié sur le tissu de ce qui est, dont autant que moi sont tirés les sacrificateurs. De ces derniers, certes, les circonstances m'ont séparé : j'étais la lettre et ils étaient les lecteurs. Mais je pouvais bénir mon corps disloqué, fendu, brûlé. Elles auraient pu être différentes, faire d'eux la lettre et de moi le lecteur.

Formes montées d'un rêve, silencieuses, fermées sur leur secret, elles s'agitaient à l'orée d'un monde qui ne nous est plus soumis, mais que nous nous entêtons toujours à assujettir. Il me semblait être parvenu à l'origine, au point indéfiniment différé où se croisent tous les chemins, toutes les nostalgies, toutes les promesses. Pendant que je me livrais à mon interrogation inquiète, le jour s'était levé sur un espace où la souffrance est réparation, le silence parole, le vide objet, la question réponse, le déchirement réconciliation.

Les montagnes calcinées par le soleil se déploient à perte de vue. Elles fleurent la pierre et l'absinthe. Tout là-bas, par-dessus les sommets, la chaleur, qui le fait virer au vert, suspend un voile de vapeur où le ciel fond. Des souffles embrasés errent, un chant insaisissable se prolonge dans l'éblouissement.

L'auréole rouge qui avance au cœur de cette léthargie veille sur le paysage. Contre l'illumination

qu'elle étend, à cette heure, je suis sans défense.
Proie de l'ivresse et du feu, je deviens une parcelle
des forces qui m'emportent. Je n'ai plus besoin,
pour m'abriter, d'une maison, pour me réchauffer,
d'un âtre, pour subsister, des fruits de la terre. J'habite l'air, et la lumière qui brille éternellement…
Qui gravira encore le sentier dont le serpentin, du
fond de la vallée, monte jusqu'ici, qui recherchera
sa demeure et en relèvera les murs, qui rallumera
le foyer ? Qui partira de nouveau aux champs et
recommencera à arracher la terre à la rocaille et au
palmier nain ? Et la nuit venue, qui s'allongera sur
sa couche à même le sol, et connaîtra la même
impression d'isolement qu'en haute mer ? Qui se
remémore en ce moment le mutisme de ces étendues que peuple à peine la voix du vent ? Qui imagine déjà l'autre paysage gardé par un sommeil
d'arbres noirs et de gel sur quoi plane une auréole
rouge ?…

Mais voici que l'auréole, comme une pierre précieuse au repos, rentre ses rayons et dans la nuit
de ces montagnes fait briller une clarté plus profonde. Je veillerai. J'attendrai.

TABLE

BABEL

Extrait du Catalogue

COÉDITION ACTES SUD – LABOR – LEMÉAC

Ouvrage réalisé
par l'Atelier graphique Actes Sud.
Achevé d'imprimer
en février 1997
par l'Imprimerie Bussière
à Saint-Amand-Montrond
sur papier des
Papeteries de Jeand'heurs
pour le compte des éditions
ACTES SUD
Le Méjan
Place Nina-Berberova
13200 Arles.

N° d'éditeur : 2457
Dépôt légal
1re édition : mars 1997
N° impr. : 409